조흔파얄개걸작시리즈 4
얄개·꾸러기 영웅
조흔파 지음

동서문화사

일러스트 : 고낙준

바람아 눈보라야 불고 날아라
구름도 얼어붙네 싸늘한 날씨
추위를 이겨 내는 씩씩한 우리
힘차게 자라나는 새나라 일꾼
영웅의 앞길에는 거칠 것 없다.

보람 찬 하루 해가 가고 또 온다
먼동이 훤히 트네 밝은 태양이
산과 강 마을마다 넘실거리면
웃음꽃 활짝 피는 겨레의 가슴
희망의 새 아침을 우리는 간다.

얄개·꾸러기 영웅
차례

새해 첫날 날아든 화살 … 7
군밤은 맛있고 알밤은 아프다 … 20
화살은 날아가고…… … 29
손오공과 저팔계 … 38
고마워요, 외삼촌 … 48
못 먹을 밥에 재 뿌리기 … 56
소금의 참된 가치 … 69
코끼리 외삼촌 … 78
한밤중의 덩더꿍 … 88
하나님을 대신해서 … 94
모자 마술 소동 … 105
나, 장가 갈래요 … 117
이상한 곰도둑들 … 127
스케이트장에서의 화려한 싸움 … 137

대머리 할아버지도 이발한다? … 151
원숭이 이름은 예삐 … 158
감기와 사랑은 못 속여 … 167
할머니의 데이트 … 180
약혼식에서 생긴 소동 … 186
일기를 씁시다 … 193
손금·관상 봐드립니다 … 201
책 기증 받는 방법 … 211
놀부 형제의 심술 … 221
가족 체육관을 만들다 … 226
뼈다귀 영웅 화이팅! … 239

새해 첫날 날아든 화살

흰 눈이 소복이 쌓인 설날 아침.

집집마다 복조리가 던져지고, '새해 복 많이 받으세요' 하는 명랑한 소리가 골목마다 울려 퍼진다.

아직 이른 아침인데도 동네 꼬마들은 때때옷을 곱게 차려 입고 이 집 저 집 몰려다니며 세배를 하기에 바쁘다. 아니, 아이들 생각은 세배보다도 복주머니에 가득 채워질 세뱃돈에 더 많은 관심이 가 있다.

'까치 까치 설날은 어저께고요
 우리 우리 설날은 오늘이래요.'

라디오나 텔레비전에서도 인기 탤런트나 가수들이 한복을 입고 나와 설날 노래를 부르고 큰절을 한다.

차례를 마친 현이네 식구들은 설빔을 입고 할머니 방 앞에 모였다. 아버지는 어머니, 숙이, 명이, 옥이, 현이가 다 모였는지 확인한 뒤에 방문을 똑똑 두드렸다.

"들어오너라."

할머니도 아들, 며느리, 손자들의 세배를 기다렸는지 얼른 반겨 맞았다.

"어여어여 들어와라, 춥다."

할머니의 재촉에, 맨끝에 들어오던 현이가 잽싸게 뛰어 들어와 다짜고짜 구령을 붙였다.

"일동 차려!"

"에그, 이게 무슨 소리냐? 일동은 뭐고 차려는 또 뭐여?"

할머니가 현이의 느닷없는 소리에 두 눈을 휘둥그렇게 뜨자, 어머니가 현이를 곱게 흘겨보며 말했다.

"어머님, 현이 말이 올해엔 개별적으로 드리던 세배는 생략하고 모두 일렬로 서서 거수 경례를 하자지 뭡니까?"

"거수 경례라니? 손바닥을 바짝 펴 가지고 관자놀이에다 척하니 올려붙이는 거 말이냐?"

"맞아요, 할머니. 그게 간단하고 신식이잖아요."

"간단하기로 하자면, 숫제 세배 같은 거 다 집어치워라. 소용 없다."

현이가 영 못마땅해 하는 할머니의 기분은 아랑곳없이 촐싹대자, 명이가 현이를 째려보며 투덜거렸다.

"것 봐, 할머니가 삐치셨잖아."

"아니야, 삐치신 게 아니라 뿌다귀가 나신 거야."

옥이가 잘난 척하고 언니의 말을 정정하자, 어머니가 얼른 할머니 눈치를 살피며 명이와 옥이를 꾸짖었다.

"아니, 애들이! 어른한테 삐치신 건 뭐고 뿌다귀가 나셨다는 건 무슨 말버릇이냐! 새해 아침부터 계집애들이 방정맞게시리⋯⋯."

뜻하지 않게도 새해 첫날부터 현이네 집은 현이 때문에 자못 살벌한 분위기가 되어 버렸다. 그러나 이런 분위기를 봄눈 녹듯 녹일 수 있는 사람도 이 집에선 현이 한 사람뿐이다.

현이는 이 집의 막내이자 외아들이다.

항상 손자만 위하신다고 숙이, 명이, 옥이에게 불만을 듣는 할머니는, '아범하고 어멈이 재주가 모자라 쓰리 아웃 되더니, 어쩐 일로 아슬아슬하게 홈런을 쳤지 뭐냐. 아무튼 현이 녀석은 이 집의 복덩이여, 복덩이' 하고 자주 얘기하신다.

물론 쓰리 아웃이니 홈런이니 하는 말은 다 현이가 집안에서의 자기 위치를 높이기 위해 할머니에게 해드린 말이다. 그 말을 '그래 맞다. 맞아' 하며 재미있게 듣던 할머니는 그 뒤로 툭하면 그 말을 사용해서 현이를 우쭐하게 만든다.

"할머니, 이것도 다 에너지 절약이에요, 에너지 절약."

"니들 에너지 절약 때문에 이 할민 어른 대접 한번 자알 받는구나."

"그게 아니에요, 할머니. 저희 편하자고 그러는 게 아니라고요. 여섯 명이나 되는 식구가 저마다 들락거리면서 한 번씩 큰절을 해보세요. 그만큼 방 안 공기가 식을 테고, 할머니도 절 받으시느라 힘드실 거고, 풀썩풀썩 먼지를 일으켜서 대기 오염 현상도……."

"아서라, 아서. 능청스럽게 둘러대긴."

할머니는 현이의 너스레에 픽 하고 웃음을 터뜨리며 말했다.

"그럼 그럴 것 없이, 정말로 세배를 할 생각이면 누가 대표로 한 번만 절을 해라. 그 손바닥을 척 올려붙이는 신식 절은 채신머리 없어 보여 영 못쓰겠더라."

"할머니, 그럼 인도네시아 독립식 경례법은 어떠세요?"

"뭐? 인, 뭐 경례법?"

현이의 말에 할머니는 물론 온 식구가 그게 무슨 소리냐는 듯 현이를 쳐다보았다.

"인도네시아 독립식 경례법이요. 그건 주먹을 불끈 쥐고 들어올리는 거래요."

"주먹을 불끈 쥐어? 왜? 무슨 원수라도 졌다든? 만나자마자 주먹 다짐부터 하게."

"에이, 그게 아니라요. 다섯 민족이 하나로 뭉친다는 뜻이거든요. 그러니까 우리도 온 가족이 단결해서 할머니를 성심 성의껏 모시겠다는 결의의 표시로……."

"아이구, 관둬라. 한 번만 더 잘 모셨다가는 아예 발길질이 나오겠구나."

할머니는 현이에게, 발목을 다쳐서 다리를 굽히기가 불편하니까 그런 잔꾀를 쓴 게 아니냐면서,

"그럼, 에너지 절약이다 신식이다 해서 세배도 약식으로 해버리는 세상이니, 세뱃돈도 신식으로 해서 생략해 버리자. 그럼 되지?"

하고 슬그머니 엄포를 놓았다. 그러자 아버지 어머니는 고것 깨소금 맛이라는 듯 현이를 보고 피식 웃고, 세 누나들은 질색을 했다. 현이는 세뱃돈을 생략해 버리겠다는 말에 할 수 없이 누나들의 눈총을 받으며 다시 구령을 붙였다.

"차려! 할머니께 세배!"
"할머니, 새해 복 많이 받으세요."
"할머니, 새해에도 내내 건강하세요."
"어머님, 오래오래 사십시오."
"오냐, 오냐. 새해엔 모두 만사 형통해라. 명이, 옥이, 현이는 좋은 윗학교에 가서 공부 잘하고 숙이는 시집 가서 알뜰히 잘살아야 한다."

세배가 끝나고, 세뱃돈도 모두 무사히 받은 뒤 온 가족이 자리잡고 앉자마자, 밖에서 외삼촌의 목소리가 들려 왔다.

"어이, 춥다. 모두 어디 계십니까?"

옥이가 현관으로 달려나가 외삼촌을 할머니 방으로 맞아들였다. 외삼촌은 하숙집 냉돌방에서 새우잠을 자서 온몸이 꽁꽁 얼어붙어 세배를 잘할 수 있을지 모르겠다고 한바탕 너스레를 떨더니, 할머니에게 세배를 했다.

그러나 할머니는 세배는 받는 둥 마는 둥 외삼촌에게 다

그쳤다.

"아니, 여보게. 구리스마스(크리스마스) 선물을 하려거든 좀 좋은 것으로 할 게지, 날이 시퍼렇게 선 스께또(스케이트)를 사 줄게 뭔가. 자고로, 칼날 위에 올라서는 건 무당들이나 하는 짓이야."

할머니는 공연스레 스케이트를 사 줘서 현이가 저 꼴이 됐다며, 현이 발목 다친 걸 전적으로 외삼촌 탓으로 돌렸다.

현이가 그게 아니라며 변명을 했지만, 할머니는 막무가내로 외삼촌만 꾸짖었다.

그때 닥터 신 아저씨가 나타난 것은 외삼촌한테는 구세주의 출현보다도 더 반가운 일이었다. 수의사인 닥터 신 아저씨는 외삼촌의 친구이자, 숙이 누나의 약혼자다.

닥터 신 아저씨가 할머니에게 세배를 드리자, 아버지는 모두 식당으로 가 아침이나 먹자면서 할머니를 모시고 방에서 나갔다. 현이에게 스케이트를 사 준 죄로 할머니에게 새해 첫날부터 호되게 꾸중을 듣던 외삼촌은 이제야 살았다는 듯 안도의 한숨을 내쉬었다.

그러나 식당에서도 할머니는 떡국을 드시다 말고 외삼촌을 향해 못마땅한 표정을 지었다.

"박선생은 왜 그렇게 삐딱하게 앉았나? 의자 다리 한쪽이 짧은가?"

"아, 아닙니다."

외삼촌은 의자가 작아서 히프 한쪽만을 간신히 걸치고 앉아 있었다. 그러자 옥이가 키득키득 웃으며 얼른 끼어들었다.

"의자는 정상인데요, 외삼촌의 사이즈가 초대형이라서 그래요, 할머니."

"맞습니다. 고등학교 시절에 이 친구 별명이 탱크였으니까요. 체육 시간에 운동 기구란 운동 기구는 이 친구가 몽땅 망가뜨려 놨습니다. 이 친구가 부딪치기만 하면, 우지끈 와르르 쿵쾅 부서졌거든요."

외삼촌과 고등학교 동창인 닥터 신 아저씨의 말에,

"어허, 이 친구! 내가 언제 그랬나? 괜히 유언비어 퍼뜨리지 말게."

하고 외삼촌이 항의했지만, 닥터 신 아저씨는 아랑곳하지 않고 계속했다.

"그뿐인 줄 아십니까? 철봉에 매달리면 쇠파이프가 구부러지지요. 거기다 처음 유도부에 가입했을 때, 사범이 시범 삼아서 자기한테 부딪쳐 보라니까, 현이 외삼촌이 불도저 모양 덤벼들어 유도 사범이 기절을 했지 뭡니까, 글쎄."

닥터 신 아저씨 말에 온 식구가 배를 잡고 웃어대자, 외삼촌도 가만 있을 수 없다는 듯,

"자네, 정말 끝까지 이러긴가? 그럼 나도 자네의 과거를 폭로할 수밖에."

하더니, 식구들을 보고 무슨 큰 비밀이나 말할 것 같은 흥미진진한 얼굴을 지었다.

"이 사람, 학생 때부터 수의사가 될 운명이었나 봐요. 하늘이 정해 준 천직이 아니고서야······."

"자네, 그 얘길 하려고 그러지? 제발 좀 그만두게."

닥터 신 아저씨가 화들짝 놀라 외삼촌의 말을 가로막자, 명이, 옥이, 현이가 어서 계속하라고 아우성을 쳤다. 그러나 숙이만은 동생들을 흘겨보면서, 남이 싫어하는 얘기를 굳이 들으려 하는 심보가 고약하다며 닥터 신 아저씨 역성을 들었다.

"너희들이 원하든 원하지 않든 난 할 거다. 어느 날 밤 운동부 합숙소로 이 친구가 놀러 왔지 뭐냐. 그런데 그때 학교 울타리 안엔 닭장이 있었거든. 거기엔 생물반에서 기르는 암탉이 수십 마리 있었는데, 글쎄 이 친구가 닭장으로 들어가 자기가 새로 발명했다는 무슨 예방 주사를 놓은 거야. 근데 어떻게 됐는 줄 아니?"

"어떻게 됐어요, 외삼촌?"

현이가 외삼촌에게 얼굴을 바짝 갖다대다시피 하며 물었다.

"보나마나 뻔한 거 아냐? 닭이 몽땅 전멸을 했지."

"이봐, 그래도 손해 난 건 없었지 뭐. 그날 밤에 닭고기 파티를 벌여 모두 실컷 먹었으니까 말이야."

"먹긴 먹었지만 모두 비장한 각오들을 했었지. 주사약 기운이 퍼진 고기라 사람에게도 영향이 미치지나 않을까 해서, 다들 유언을 해놓고 파티에 임했으니까."

외삼촌과 닥터 신 아저씨의 말을 듣고 있던 할머니가 갑자기 얼굴을 굳혔다.

"아니, 신서방은 병을 고치는 의사가 아니라 멀쩡한 것을 죽게 하는 의사구먼. 그런 솜씨로 우리 현이 발목을 치료해 주고 있는 겐가, 지금?"

현이가 스케이트를 타다가 발목을 다치자, 닥터 신 아저씨는 그까짓 걸 가지고 병원에 갈 게 무어냐며 자기가 직접 치료를 해왔었다. 그러나 현이는 물론 집안 식구 모두, 닥터 신 아저씨가 현이의 발목 치료를 위해서가 아니라 약혼자인 숙이를 보기 위해 오는 것임을 뻔히 알고 있었다.

"자네, 이제부터라도 행여 우리 현이한테 주사 놓을 생각은 말게. 하나밖에 없는 귀한 손자야."

"염려 마십시오. 그때는 아직 의사가 아니었고, 그저 자꾸 주사를 놓고 싶은 개구쟁이였을 뿐이었으니까요. 또 지금까지의 경험으로 보아 인명 피해는 없었습니다. 주로 동물들만을 상대하니까요."

"그럼, 인간으로는 우리 현이가 처음이란 말인가?"

"헤헤……, 알기 쉽게 말씀드리자면, 그런 셈이 되지요."

"에그……, 쯧쯧!"

할머니는 더 이상 할 말을 잊고 혀만 끌끌 찰 뿐이다. 그래도 뭐가 그리 좋은지, 닥터 신 아저씨와 외삼촌은 연방 낄낄거렸다. 그런 두 사람을 못마땅하게 쳐다보던 할머니가 이내 무슨 결심이라도 한 듯, 고개를 설레설레 흔들며 말했다.
 "아무튼 내가 생각을 달리 해야겠어. 결심을 취소하는 게 좋을 것 같군……."
 할머니의 뜻밖의 말에 닥터 신 아저씨가 놀란 토끼 눈이 되어 물었다.
 "네? 무슨 결심 말씀이십니까? 설마 숙이 씨와 저와의 결혼을 취소하시겠다는……."
 "그런 게 아니고, 사실은 현이 외삼촌을 우리 집에 와서 같이 살자고 부탁할까 했었는데……."
 할머니 말이 채 끝나기도 전에 옥이, 명이, 현이는 대찬성이라고 호들갑을 떨었다. 그러나 어머니는 소처럼 먹고 고래처럼 마셔 대는 그 식성을 무엇으로 당해 내느냐고 걱정 어린 반대를 했다.
 "아니다, 어멈아. 많이 먹는댔자 그까짓 것 얼마나 먹겠냐마는, 한 번 움직일 때마다 세간살이를 부순대서야 어디 되겠냐? 옛날에 현이 외삼촌이 찌부러뜨린 내 손경대만 해도 느이 시아버지가 은혼식 기념으로 주신 귀한 물건인데, 그 모양을 해놨으니……."

할머니가 새삼스레 경대 이야기를 하자, 외삼촌은 쥐구멍에라도 들어가고 싶은 심정이 되어 머리를 긁적거리며 말했다.

"그, 그건 죄송하게 됐습니다마는, 전 아직 한 번도 이 댁에 얹혀살 생각은 해본 적이 없습니다."

"얹혀살라는 건 아니었어. 숙이가 신서방한테 시집을 가면 집안이 좀 허전할 게구, 또 요즘은 도둑이 부쩍 늘어 이웃에서도 피해를 본 집이 하나둘이 아니래잖아. 그러니……"

"저…… 말씀 중에 죄송하지만, 그럼 저를 수위나 경비원 삼아서 오라고 하실 생각이셨습니까?"

그러더니 외삼촌은 싫다, 못한다, 사양한다, 기권한다 하면서 대단히 흥분해서 떠들어댔다. 그러자 이번에는 할머니가 당황해서 변명을 했다.

"아니, 그런 뜻이 아닐세. 수문장이라기보다는, 자네 결혼할 때까지만 애들을 감독하는 가정 교사로 부탁할까 했는데……"

"에이, 할머니도. 그 기한은 있으나마나예요. 도대체 어떤 여자가 저런 코끼리 같은 사람하고 결혼을 하겠어요?"

옥이의 말에 온 식구가 그 말이 맞다며 웃음을 터뜨렸다.

외삼촌도 얼굴이 시뻘개게서 허허 하고 너털웃음을 웃었다.

쨍!

"에그머니나! 이게 무슨 소리야?"

유리창에서 날카로운 소리가 울려 퍼졌고, 그와 동시에 식구들은 모두 웃음을 그치고 유리창을 쳐다보았다. 현이와 옥이가 후닥닥 일어나 창가로 다가갔다.

유리창이 깨지거나 금이 가진 않았다. 옥이가 얼른 창문을 열고 밖을 내다보았다.

"아니, 저게 뭐야?"

그 소리에 현이도 창 밖으로 고개를 내밀고 옥이 누나의 시선을 좇았다. 창문 바로 아래 수북이 쌓인 흰 눈 위에 화살이 하나 떨어져 있고, 그 화살엔 흰 종이가 묶여 있었다.

"아니, 뭐냐? 뭐가 있어?"

"옥이야, 현이야, 왜 그래?"

식구들이 하나둘 식탁에서 일어나 유리창 쪽으로 다가왔다. 현이는 무슨 생각이 들었는지, 다리를 절룩거리며 밖으로 뛰쳐나갔다.

군밤은 맛있고 알밤은 아프다

'현이야, 너를 만난 지가 얼마 만이냐? 너무 보고 싶어서 이런 비상 수단을 쓴다. 이 편지 보는 대로 살짝 빠져 나와서 우리 집으로 와라. 알았지? 철이가.'

현이는 다시 한 번 편지를 읽은 다음 살금살금 집을 빠져 나와 바로 옆집인 철이네 집으로 갔다. 자기 집 대문 앞에서 눈장난을 치며 현이를 기다리고 있던 철이는 현이를 보자 반갑게 씩 웃었다.

"미안해. 다리도 불편한데 우리 집으로 오라고 해서."

"초대해 준 건 얼마든지 환영이야. 하지만 전화로 부르든지 할 게지 활로 유리창을 때려부수는 게 어됬니?"

"으악, 유리창이 깨졌어?"

"아니, 깨지진 않았지만, 하마터면 깨질 뻔했지 뭐. 그리고 집안 식구 모두 새해 아침부터 재수 없게 이게 무슨 날벼락이냐고 야단야단이 났어. 덕분에 나만 실컷 혼났지."

"미안해. 실은 전화도 여러 번 했어. 근데 바꿔 주지 않는

걸 어떡하니? 하는 수 없이 비상 수단을 썼지. 니네 식구가 그 시간에 꼭 아침을 먹을 것 같아서 말이야."

"그 비상 수단이 통하긴 했지만 앞일이 더욱 캄캄이야."

"왜?"

"코끼리 외삼촌이 오늘 아주 우리 집에 이사 오기로 결정이 났어. 네 화살 한 대 때문에."

"뭐야? 자꾸만 화살 핑계 대지 마. 화살하고 니네 외삼촌 이사 오는 거하고 무슨 상관이 있어?"

"있어도 크게 있지. 우리 외삼촌 유도 3단이잖아. 그래서 새해 아침부터 화살이 유리창으로 막 날아오는 집은 보나 마나 질서가 엉망이라며, 이제부터 직접 우리 집 사범 선생으로 들어오겠다고 나섰지 뭐야."

"사정이 좀 딱하게 됐구나. 하지만 염려 마. 이 명석한 머리로 쫓아버리면 그만이잖아. 아무 걱정 마."

"쫓아낸다고? 니가 무슨 재주로 우리 외삼촌을 몰아낸다는 거야?"

"아파치처럼 불화살을 엉덩이에 쏘아 대면, 어마 뜨거라 하고 깜짝 놀라 삼십육계 줄행랑을 놓을 게 뻔해."

"아서라, 아서. 외삼촌 쫓으려다가 이번엔 아주 우리 집 다 태우겠다."

"아냐, 니가 언제든지 소화기를 곁에 두고 진화 작입에 나서면 되잖아. 니네 집에 소화기 없지? 오늘 당장 사라. 니 저금통 깨서. 응?"

현이가 말도 안 되는 소리 그만두라며 콧방귀를 뀌었지만, 철이는 무엇이 그리 신나는지 현이 외삼촌 쫓을 계획에 열을 올린다. 철이는 한참을 신나게 손짓 발짓 해가며 설명하더니, 문득 현이의 목발을 내려다보고 물었다.

"참, 발 아픈 거 좀 어때?"

"많이 나았어."

"근데 왜 아직껏 목발이야?"

"나아도 나았다는 표시를 하지 않으려니까 그렇지."

"그건 왜?"

"왜는 무슨 왜야? 뻔하지. 니네는 천당이고 우리 집은 지옥이잖니."

"얀마, 무슨 소리야, 그게?"

"사실이 그렇잖아. 니네 집은 문 하나만 드르륵 열면 가게 아니냐. 과자, 사탕, 과일, 통조림, 아이스크림, 음료수, 게다가 장난감까지 없는 게 없는데 그게 천당이 아니고 뭐냐?"

철이네는 슈퍼마켓을 하고 있다.

"에이, 그게 뭐 다 내 건가?"

"그래도. 우리 집에선 냉장고 속에 있는 우유 한 잔 마시려 해도 위로 줄줄이 누나들 눈치 봐야지, 여간 골치 아픈 게 아니야. 근데 아플 때에는 특별 대우를 받거든. 요즘은 발목을 다친 덕분에 지옥에서 쬐끔 벗어난 꼴인데, 다 나았다고 하면 다시 지옥으로 떨어질 게 뻔해."

현이의 설명에 철이는 신이 나서, 자기가 현이의 천당을 좀더 오래 연장시켜 주겠다고 나섰다. 현이는 귀가 번쩍 띄어 물었다.

"어떻게?"

"니 한쪽 다리를 내가 활로 쏴 줄게."

"아니, 뭐라고? 지금 너 그걸 말이라고 하는 거야?"

"왜? 좋잖아. 나는 활 연습할 수 있어 좋고, 너는 천당이 계속되니 좋고. 이거야말로 누이 좋고 매부 좋고, 꿩 먹고 알 먹고지. 안 그래?"

철이는 미국에 있는 친척에게서 크리스마스 선물로 받았다는 활을 어지간히 자랑하고 싶은 모양이었다. 말끝마다 활 얘기를 빠뜨리지 않았다. 그러면서 양궁은 올림픽 종목에도 들어 있으니까, 조금만 더 연습하면 금메달은 문제 없다며 자랑이 이만저만이 아니었다.

"야, 그거 하나 더 구할 수 없을까?"

"아마 어려울 거야. 이런 소형은 우리 나라엔 없을걸? 너 갖고 싶니?"

"칫, 까짓 활, 하나도 안 부럽다."

현이는 솔직히 철이의 활이 몹시 탐이 났으나 마음속을 감추고 아닌 척했다.

"웃기지 마. 네 얼굴에 씌어 있는걸? 우리 사이에 서로 마음을 감출 게 뭐 있냐. 니 것 내 것 따질 것도 없지 뭐."
그러면서 철이는 현이에게 활을 내밀며 아량 있게 말했다.
"자, 네 맘대로 쏴 봐."
현이는 못 이기는 척하며 활을 받아 들더니, 여기저기 아무 데나 막 겨냥을 해댔다. 그러더니 곧 싱거운 얼굴이 되어 말했다.
"목표물이 있어야지."
"목표물?"
"그래. 이럴 때 참새라도 한 마리 날아와 줬으면 좋은데……."
"니가 참새를 맞힐 수 있어?"
"그럼. 너 내 실력 무시 말라고."
현이는 다시 한 번 이곳저곳 겨냥해 보았다. 눈을 잔뜩 뒤집어 쓴 나뭇가지, 쓰레기통 옆에 쌓인 연탄재, 남의 집 대문, 문패. 그러나 어느 것이든 다 재미 없긴 마찬가지였다.
"에이 참, 뭘로 하지?"
"적당히 아무거나 쏴."
"참, 그게 좋겠다."
"뭔데?"
현이는 의미 심장한 웃음을 흘리면서 철이에게 바짝 다가갔다.
"철이 너 빌헬름 텔 알지?"

"그래, 스위스 건국의 전설적인 영웅이며 활의 명수였잖아. 근데 뚱딴지같이 빌헬름 텔은 또 왜?"

"빌헬름 텔이 아들의 머리 위에 사과를 올려놓고 활을 쏘는 장면, 얼마나 아슬아슬하냐? 그러니까 나도……."

"너 그럼, 내 머리 위에 사과를 올려놓고 쏘겠다는 거야?"

"내가 아무리 친구인 너를 내 목표물로 삼겠냐? 그게 아니고, 너 저 피아노 소리 들리지? 니네 누나가 뚱땅거리는 거 맞지?"

"응, 그래."

"우리, 니네 멋쟁이 누나 양쪽 귀에 달랑달랑 매달린 귀걸이를 한짝씩 떨어뜨리자 이거야. 난 옛날부터 니네 누나 귀걸이가 영 못마땅했어. 그게 뭐냐? 아프리카 토인 같이 귀에다 쇠붙이를 매달아 놓게."

"야, 그거 참 아슬아슬 스릴 있겠다."

"니 생각도 그렇지? 자고로 활을 쏘는 데 스릴 빼면, 팥소 없는 찐빵이요, 고무줄 없는 팬티 아니겠냐."

"나는 대찬성이지만, 우리 누나는 대반대일걸."

"너도 참! 누가 알게 쏘냐? 문을 살짝 열고 신중히 겨냥한 뒤, 정신없이 피아노를 치고 있을 때 쥐도 새도 모르게 쓱 싹 해치우는 거지."

"그랬다가 머리에라도 맞으면 어떡해?"

"그게 좀 문제긴 문제야. 아무튼 들어가 보자."

현이와 철이는 도둑 고양이마냥 조심조심 철이네 집으로 들어갔다. 다행히 철이 누나 방에 갈 때까지는 아무도 만나지 않았다. 현이와 철이는 누나 방문을 살그머니 열고 고개를 디밀었다.

철이 누나는 문 쪽으로 등을 돌린 채 피아노를 치고 있었다. 피아노 가락에 맞춰 까딱까딱 고개를 움직이기도 하고, 한참 신이 나는 대목에선 윗몸을 구부렸다 폈다까지 하니, 아무래도 귀에 매달린 귀걸이를 맞히는 건 무리인 듯했다.

"움직이지 않고 가만히 좀 있으면 좋겠는데……" 현이의 귀엣말에 철이도 목소리를 한껏 낮춰 맞장구를 쳤다.

"그러게 말야. 방정맞게 고개를 저리 흔들어 대니……."

현이와 철이는 낭패한 모양이었다. 그러나 그것도 잠시, 철이는 곧 새로운 목표물을 찾아냈다.

"우리 그러지 말고 저 피아노 위에 있는 메트로놈을 맞히자."

메트로놈은 악곡의 박절을 측정하거나 템포를 지시하는 기계로, 박절기라고도 한다.

"그거 기발한 아이디어다."

현이는 시위를 한껏 잡아당기고 메트로놈을 겨냥했다.

핑!

딱!

우당탕!

"에그머니나!"

철이 누나가 소리를 꽥 지르면서 벌떡 일어나더니 몸을 홱 돌렸다.

"아니, 너희들."

"춘자 누나. 나야, 나."

"너 이 녀석……."

춘자 누나는 너무 놀라서 얼굴이 붉으락푸르락 말이 아니다. 게다가 놀란 가슴을 진정시키느라고 제대로 야단조차 치지 못하고 말을 더듬거렸다.

"너…… 너희들……, 이 못된……."

"에이, 춘자 누나. 아웃집 동생이 장난 좀 쳤기로서니 새해 첫날부터 욕할 것까지는 없잖아요."

현이가 너스레를 떨며 둘러댔다.

"너말고, 우리 철이 말이야."

"활을 쏜 건 철이가 아니라 나야, 누나."

"그래? 잔소리 말고 이리 와!"

현이는 기사도 정신을 발휘해서, 춘자 누나가 내리는 알밤 세례를 아무 소리 않고 기꺼이 받았다. 그러나 철이 몫은 따로 남아 있었다.

"철이 너도 이리 와 봐."

춘자 누나는 쭈뼛쭈뼛 뒷걸음질 치는 철이의 귀를 잡고는 꽁꽁꽁 알밤 세 대를 먹였다.

　군밤은 맛있고 알밤은 아프다지만, 현이와 철이는 알밤을 맞으면서도 목적 달성을 한 즐거움에 아픈 줄도 몰랐다.

화살은 날아가고……

 현이는 공작 숙제를 한다는 핑계로, 아버지가 아끼는 낚싯대를 방으로 가져와서 활을 만들기 시작했다. 말끝마다 활을 들먹이면서 으스대는 철이 모습이 눈꼴시어 못 보겠던 모양이다.
 낚싯대를 쪼개서 오랜 시간 자르고 깎고 다듬는 동안 활은 제법 제 모양을 갖춰 만들어졌다.
 "이젠 실험 실습만 남았나?"
 현이는 혼잣소리로 중얼거리면서 시위를 당겨 보았다. 바로 그때 노크 소리가 났다.
 헛기침을 하면서 외삼촌이 들어왔다.
 "그게 뭐냐?"
 "보면 모르세요? 활 쏘기 연습하는 거예요."
 "활 쏘기 연습? 그거 바람직한 생각이다. 겨울철엔 운동 부족이 되기 십상이니까, 실내 스포츠를 하는 것도 좋지. 그런데 너 그걸로 부얼 맞히려는 거냐?"
 "저기 자개상이오. 부엌에서 갖다 놨는데, 과녁으로 안성맞춤이에요."

"자개상? 아니, 니네 어머니가 애지중지 기름 걸레로 닦고 마른 행주로 광을 내는 저 자개상을 곰보딱지로 만들어 놓을 작정이냐?"

"에이, 외삼촌도. 밥상은 실용품이지 장식품이 아니잖아요. 그런데도 엄마는 수저를 놓을 때나 그릇을 놓을 때 흠집이 생길까봐 여간 신경을 쓰지 않아요. 그러느니 차라리 일부러 상처를 내두는 게 엄마의 정신 위생상 좋은 일이라고요."

현이의 말에 외삼촌은 부러 감격한 표정을 지었다.

"네 효성에 눈물이 날 정도다. 녀석 둘러대기는……. 아무튼 좋아. 그 주장에 동의한다. 잘해 봐라."

그러면서 외삼촌은 옛날 이야기를 하나 해주었다.

"옛날 중국 한나라 때에 이광이란 사람이 있었는데, 무지무지 활을 잘 쏘는 사람이었지."

"활이 몇 단이나 되었는데요?"

"인마, 활에도 무슨 단이 있냐? 그건 유도, 태권도 그런 운동에나 있지."

"그럼 체급은요? 플라이급? 밴텀급?"

"마, 좀 잠자코 들어."

외삼촌도 활에 대해서는 잘 모르는지 제대로 설명은 해주지 않고, 현이 말을 가로막을 뿐이다.

"아무튼 어느 날, 이광은 산으로 사냥을 갔다가 길을 잃고

헤매게 되었지. 서산마루에 뉘엿뉘엿 해가 저물어 어두워졌는데, 어느 고개 마루에서 집채만 한 호랑이와 딱 마주치게 된 거야. 이광은 그 호랑이를 보고 기가 질렸지만, 곧 마음을 가다듬고 화살통에서 화살을 하나 꺼내 호랑이를 겨누었지. 그리고 있는 힘을 다해 핑 쏘자, 화살은 정확히 호랑이의 몸을 꿰뚫었지. 이광은 좋아라 하고 그리로 달려가 보았어. 그랬는데 어쨌는 줄 아니?"

"어쨌는데요?"

"글쎄, 그게 호랑이가 아니라 커다란 바위 덩어리였대. 이광은 그 바위를 호랑이로 알고 쏜 거고, 신기하게도 화살은 바위를 뚫고 들어간 거야."

"에이, 거짓말! 화살이 어떻게 돌을 뚫어요? 제아무리 명사수라도……."

"그러니까 잘 들어 봐. 이광도 자기가 한 일이 하도 신기하고 믿어지지 않아서 다시 한 번 같은 자리에서 그 돌을 쏘았다는 거야. 그러나 어림도 없지. 활은 바위에 맞아 튕겨 날 뿐이었어. 거기서 이광은 느낀 거야. 정신만 통일시키면 제아무리 어려운 일도 못할 게 없다는 걸 말이야."

현이는 그제야 이해가 간다는 듯 고개를 끄덕끄덕했다.

"근데 도대체 넌 뭐냐? 남은 화살로 바위도 뚫었는데, 기껏 자개상 하나도 관통시키지 못하고 쩔쩔매냐?"

외삼촌은 느닷없이 현이를 야단치더니, 자기가 한번 시범을 보이겠다면서 활을 빼앗았다. 그리고 정신 통일까지 근사하게 한 다음, 힘차게 시위를 당겼다. 피웅!

화살은 자개상을 향해 날아갔다. 그러나 외삼촌의 큰소리와는 달리 화살은 자개상 바로 앞에 툭 떨어졌다.

"하하하! 외삼촌도 별수 없는 걸요."

현이가 배꼽을 쥐고 웃어대자, 외삼촌은 이게 다 연습 부족 때문이라고 둘러댔다. 그러고는 현이에게는 활을 만져 볼 기회도 주지 않고 혼자 열심히 자개상을 향해 화살을 날려 보냈다.

외삼촌이 땀을 뻘뻘 흘려 가며 연습에 연습을 거듭하는데, 어머니가 문을 열고 들어왔다.

"아아니, 이층이 조용하길래 공부하는 줄 알았더니, 이게 무슨 짓이야?"

"누님, 이것도 공부는 공붑니다."

"듣기 싫어! 철없는 것이 놀자고 해도 감독하는 입장에서 타일러야지 같이 어울려서, 아니 앞장을 서서 활쏘기를 하다니."

그러던 어머니는 표적으로 쓰던 자개상에 시선이 가자 까무러칠 만큼 놀랐다.

"아니, 너희들……. 이 자개상이 어떤 상인데……."

어머니는 어이없다 못해 기가 막힌 표정이었다. 그러다가 어머니는 현이가 만든 활을 보더니 다시 한 번 놀랐다.

화살은 날아가고 33

"얘, 얘가 정말? 너 이 활은 또……."
"엄마, 겨울에는 낚싯대가 필요 없고 아빠도 요즘은 통 낚시하러 가시지 않잖아요."
"시끄러! 그렇다고 아빠가 애지중지하는 낚싯대를 이 모양으로……. 어이구, 속터져! 아무튼 지금은 내 좀 급히 다녀올 데가 있어서 그냥 나간다만, 이따 돌아와서 보자."
어머니는 찬바람을 일으키며 나가면서 문을 쾅 닫았다. 현이는 우당탕퉁탕 뒤쫓아 나가 현관에서 신을 신고 있는 어머니에게 큰소리로 물었다.
"엄마, 철이 좀 오라고 해도 되죠?"
"염치도 좋지. 맘대로 하렴. 철이 데려다가 죽이 맞아서 집을 허물든 살림살이를 다 망가뜨리든 알아서 해, 알아서!"
어머니가 나가자마자 현이는 전화로 철이를 불렀다. 철이는 이게 웬 떡이냐 싶어 얼씨구나 하고 달려왔다.
철이가 오자 현이는 자기가 만든 활과 화살을 보여주었다. 기막히게 잘 만들었다고 철이가 치켜세우자 현이는 으쓱해져서, 사뭇 거드름까지 피웠다.
"우리 시합하자, 활 쏘기 시합."
"그거 좋지."
"그런데 말이야, 시합에 사용하는 활은 네 양궁으로 통일하는 거다?"
"좋아. 조건이 같아야 공평하니까."

"그래도 공평한 건 아니다 뭐. 너는 실컷 연습했지만, 나는 내가 만든 활로도 연습해 볼 기회가 없었잖아."

현이의 말에 철이는 그건 그렇다며 10분 동안의 연습 기회를 주었다. 그리고 한쪽 눈을 감아야 조준이 정확하다는 것도 일러 주었다.

하지만 현이는 그게 맘대로 잘 안 되었다. 한쪽 눈만 감을라치면 다른 쪽 눈도 따라 감기고, 두 눈을 다 감았다가 한쪽 눈만 뜨려 해도 두 눈이 다 번쩍 떠지는 것이었다.

"에이, 이럴 땐 차라리 애꾸눈이 편하겠다. 애꾸들은 활이나 총을 쏘는 데 도사겠네, 도사."

"흐흥, 연습이 부족해서 그래. 세종대왕 때 황희 정승은 눈을 보호하기 위해 환갑 때까진 왼쪽 눈을 감고 오른쪽 눈만으로 책을 읽었다더라. 그리고 그 다음부턴 눈을 교대해서 왼쪽 눈으로만 글을 읽었대. 연습이란 그렇게 무서운 거야."

"너 그거 근거 있는 얘기냐? 말 같지도 않은 소리 집어 치워. 네가 언제부터 내 활 코치냐? 모로 가도 서울만 가면 되고, 갓 쓰고 박치기 하는 것도 제 멋이라고 그랬어. 자, 첫 번째 화살 나가신다. 에잇!"

현이가 날린 화살은 엉뚱하게도 응접실 벽에 걸린 액자의 유리를 깨뜨렸다. 그것은 보통 액자가 아니라, 숙이 누나의 약혼 기념 사진 액자다.

"으악! 난 몰라. 화살이 왜 저리로 날아갔지?"

"니가 저리로 쐈으니 저리로 날아갔지."
"아냐, 난 저리로 날려 보내지 않았어. 정말이야."
그런데 공교롭게도 화살은 사진 속의 닥터 신 아저씨 왼쪽 눈에 맞아, 보기가 흉했다.
"아무래도 안 되겠어. 너하고 함께 한 일인 줄 알면 우린 또다시 만날 수 없게 돼. 그러니까 우리 서둘러서 통신 시설이나 만들도록 하자."
통신 시설이란, 현이가 철이하고 전화만 하는 걸 보아도 또 무슨 사고를 치려고 그러냐며 못마땅해 하는 집안 식구들 모르게, 둘만의 연락 방법을 만들어 놓는 것이다.
현이와 철이네는 담 하나를 사이에 둔 이웃이다. 그래서 둘은 자기네들 방 창문에 줄을 연결해 놓고, 거기에 통을 매달아 그 속에 쪽지를 넣어 주고받기로 했다.
현이와 철이가 통신 시설 설치를 위해 정신 없이 바빠 있을 때, 외삼촌이 문을 빠끔 열고 들어왔다.
"어? 너희들 여기 있었구나. 난 응접실이 갑자기 조용하길래 무슨 일인가 해서 와 봤지. 근데, 이게 다 뭐냐?"
"내 방하고 철이네 방 사이에 줄을 연결해 놓고 통을 매달아 편지 교환을 하려고요."
"그거 재미있구나. 이 방울은?"
외삼촌은 옆에 놓인 방울을 흔들어 보며 물었다.
"그건 통을 받으라는 신호를 하기 위해 필요한 방울이에요. 전화벨과도 같은 거죠."

"외삼촌이 좀 도와 줄까?"

"괜찮아요."

"그럼 현이 니가 날 좀 도와다오."

"뭘요?"

"너, 아버지가 마시다 둔 양주 어디 있는지 알지? 우리 그거 찾기 하자. 이를테면 보물 찾기지."

"그걸 찾아서 뭐하려고요?"

"마시지."

"누가요?"

"내가."

"에이, 그거 재미 하나도 없겠다. 우린 안 할래요."

외삼촌은 몇 번 더 조르더니, 현이와 철이가 대꾸도 하지 않자 뾰로통해져서 나가 버렸다. 외삼촌이 나가든지 말든지 현이와 철이는 상관하지 않고 통신 설비를 만드는 데에만 온 정신을 쏟았다.

손오공과 저팔계

"어머머, 현아! 현이 어디 있니?"

숙이 누나의 앙칼진 목소리가 온 집 안에 울려 퍼졌다. 드디어 올 것이 온 것이다.

"있기야 여기 있지만……. 왜 그래, 누나?"

현이는 애써 침착하게 누나 앞으로 나섰다. 그 뒤를 철이가 쫄래쫄래 따라갔다. 숙이 누나는 태연하기만한 현이를 기가 막히다는 듯 바라보더니, 옆에 서 있는 철이를 발견하자,

"철이도 있었구나. 알았다. 너희 둘이 저지른 짓이지?"

하고 다그쳤다.

"뭘 가지고 그래?"

현이는 끝까지 능청을 떨었다.

"너 정말 몰라서 물어? 저 사진 말야."

"아, 그거?"

"아, 그거? 너 그렇게 말이 막 나와?"

"왜 그래? 우리 뿌다귀 영웅들이 매형을 적진에서 용감히

싸우다 한쪽 눈을 잃은 영웅으로 만들어 줬는데."

"뭐, 뭐라고? 뿌다귀 영웅들?"

"그래. 누나는 우리가 뿌다귀 영웅인줄 몰랐어?"

뿌다귀 영웅이란, 어른들이 현이와 철이에게 붙여 준 이름이다. '뿌다귀'란 물건이 둥그스름하지 않고 모가 나게 삐쭉 내민 부분을 가리키는 말이다.

그러니까 항상 말썽만 일으키고 청개구리처럼 엉뚱한 짓만 해대는 두 녀석에게, 왜 그렇게 삐딱하게만 나가냐는 뜻에서 뿌다귀란 별명을 지어 준 것이다. 거기다 현이와 철이가 스스로 '영웅'자를 붙여 '뿌다귀 영웅'이 된 것이다.

또 뿌다귀는 '뿔다귀'와도 발음이 비슷한데 '뿔다귀가 나면' 즉 화가 나면 현이와 철이도 누구 못지 않게 무섭고 악착스러워지는 성격이므로 참으로 걸맞은 별명이다.

그리고 또 있다. 이건 현이가 친구네 집에서 빌려 온《플루타르크 영웅전》을 읽고 생각해 낸 것인데, 뿌다귀와 플루타르크가 듣기에 비슷하다는 것이다.《플루타르크 영웅전》은 고대 그리스 사람인 플루타르코스가 그리스와 로마의 영웅·철인들에 대해 엮어 쓴 책이다. 현이와 철이는 자기네들이 플루타르크 영웅들에게 결코 뒤지지 않는 영웅이란 자부심에서, 자기들 별명에 대만족이다.

"애들이 정말 반성하기는커녕 오히려 누나를 놀려?"

"그게 아니라, 누나······."

"듣기 싫어! 안이고 밖이고 간에 니들 어디 두고 봐."
 숙이 누나는 제 분에 못 이겨 어쩔 줄 몰라 했다. 그리고 '난 그런 줄도 모르고 텅 스튜에 옥스테일 그레이비를 만들어 준다고 시장엘 갔더니 그 사이에 이런 난리를 피워놔?' 하면서 아래층으로 내려갔다. 숙이 누나가 요란스럽게 층계를 밟고 아래층으로 내려가자, 철이는 겁에 질려 그만 집으로 실례해야겠다며 꽁무니를 빼려 했다.
 "너 비겁하게 달아날 셈이니?"
 "달아나는 게 아니야. 잠시 피난을 가는 거지. 아무래도 심상치가 않아. 이건 마치 폭풍 전야 같아서 불안해 죽겠어."
 "야, 그럴수록 더욱더 용감해야 돼. 우린 뿌다귀 영웅 아니냐, 뿌다귀 영웅."
 "뿌다귄지 뼈다귄지, 아무래도 난 가야겠어."
 "너 정말 비겁하다. 그리고 아직 일도 많이 남았잖아. 통신망 개설식도 해야 하고, 시운전도 해야 하고……."
 "그런 건 나중에 천천히 해도 돼. 지금 당장 해야 할 일은 도망을 치는 것이야."
 "안 돼. 못 가!"
 현이가 아무래도 놓아 줄 것 같지 않자, 철이는 잠시 생각을 해보더니 마음을 돌렸다.
 "하긴 나도 좀 마음에 걸리는 게 있긴 있어. 니네 누나가 텅 어쩌구 옥스테일 어쩌구 하던데, 그게 뭐냐? 그거나 알고 가자."

"그것도 몰라?"

현이가 자신있게 대답했다.

"텅 하는 거야 뭐가 떨어지는 소리지 뭐. 옥스테일은 옥도정기 원액일 거고. 내 상처에 바르라고 숙이 누나가 시장에 가서 사 왔을 거야."

"잘 이해가 안 가는데. 텅 하고 떨어져 가지고 옥도정기를 바른다?"

"그래, 맞아."

"하지만 뭔가를 만들어 주려고 했다잖아."

"그랬지, 참! 그러고 보니 나도 몹시 궁금한데."

현이와 철이는 자기네들 실력으로는 도저히 풀 수 없는 문제를 가지고 작은누나인 명이 누나에게 갔다. 그러나 명이 누나 역시 현이와 철이를 보자마자,

"너희들 큰일 났어. 언니가 여간 화난 게 아니야. 언니 약혼 기념 사진의 형부 눈을 일부러 활로 쐈다며?"

하고 사진 사건부터 끄집어냈다.

"일부러 그런 건 아니지만 쏘긴 쐈어."

현이와 철이는 활이라는 게 눈을 겨냥한다고 명중하는 것도 아니고, 일이 우습게 되느라 그리 된 걸 가지고 누나들이 윽박지르는 게 좀 억울했다.

"누나, 나는 큰누나가 참 비겁하다고 생각해."
"얘 좀 봐. 언니가 뭐가 비겁해?"
"그렇잖아. 조금 실수한 걸 가지고 그 야단을 치니. 그리고 매형의 실물을 쏜 것도 아니고."
"그래요. 현이 말이 맞아요. 어쩌다 실수로 그런 걸 가지고 정말 너무 한다고요."
"철이 이 녀석, 너는 좀 잠자코 있어. 그리고 사진을 쐈기에 망정이지 실물을 쐈으면 정말 큰일이게?"
"그러니까 말이야. 고작해야 사진이 맞은 거야, 사진이. 사진이야 종이 한 장일 뿐 아니겠어? 수정을 해도 되고, 정 싫으면 한 장 더 뽑아 오면 될 걸 가지고 하나밖에 없는 남동생을 구박한대서야……."
"에이그, 말이나 못하면 밉지나 않지. 그래, 너야말로 하나밖에 없는 사내자식이 좀 의젓하면 하늘에서 벼락이라도 내리냐? 그저 촐싹대며 여기저기서 사고 치기에 바쁘니……."
"그렇다고 그렇게 악선전을 하고 다닐 수 있어?"
"악선전이라니?"
"큰누나 말이야. 이 사람한테도 쫑알쫑알, 저 사람한테도 쫑알쫑알……. 나한테 유감 있으면 정정당당히 일 대 일로 대결하자는 거야. 그렇게 나오면 나도 성질 난다고. 참지 않을 거야. 텅!"

"텅? 텅이라니, 그게 뭐니?"

명이 누나가 두 눈을 크게 뜨고 묻자, 철이가 옆에서 킥킥거리며 대신 대답했다.

"현이가요, 육탄 공격을 해서 숙이 누나가 계단 밑으로 굴러 떨어지는 소리라고요. 옥스테일!"

"애네들 좀 봐. 지금 누굴 놀리나? 옥스테일은 또 뭐니?"

"매형이 달려나와 옥도정기로 숙이 누나를 치료하는 거지. 그레이비!"

"그레이비?"

명이 누나는 더욱 어리둥절해져서 철이와 현이를 번갈아 쳐다보았다.

"응, 홀애비 사촌 그레이비, 바로 우리 외삼촌의 앞날이라고."

"뭐, 뭐야?"

현이와 철이는 노래 부르듯 장단을 맞춰 가며, 그레이비 그레이비 하고 떠들어댔다.

"시끄러! 뭘 잘했다고 웃고 떠들고 야단이야? 니네 방에 들어가서 처분이 내릴 때까지 근신들 해."

명이 누나가 진짜 화난 것 같자, 현이는 얼른 태도를 바꿔 말했다.

"넝이 누나, 실은 아까 숙이 누나가 텅스뮤를 만들어 주려고 했다는데, 그게 뭐야? 그거 영어지?"

"응, 텅은 혓바닥이고 스튜는 찌개야."

"난 또 뭐라고. 아무튼 숙이 누나는 영어를 너무 좋아해서 탈이라니까. 알아듣기 쉽고 말하기 쉬운 우리 말 놔두고 왜 그렇게 잘난 척을 하는지 모르겠어. 그럼 옥스테일 그레이비는 뭐야? 그것도 만들어 주려고 했다는데."

"옥스테일 그레이비? 그건 나도 잘 모르겠는데?"

"누나도 몰라? 그럼 빨리 사전 찾아봐. 빨리!"

명이 누나는 현이와 철이의 재촉에 못 이겨 영어 사전을 뒤적이기 시작했다.

"응…… 그러니까, 옥스는 소고……테일은 꼬리니까, 소꼬리, 그래, 소꼬리다!"

"그리고 그레이비는?"

"가만 있어 봐. 그레이비의 스펠링이 지(G), 알(R), 에이(A), 브이(V), 와이(Y)쯤 될 테니까…… 그래, 여깄다. 고깃국물. 그레이비는 고깃국물이야."

"으응, 그러니까 옥스테일 그레이비는 소꼬리 곰탕이구나."

"혓바닥 찌개에다 소꼬리 곰탕? 야, 니네 집은 뭐 그렇게 구질구질한 거만 해먹냐?"

철이가 얼굴을 찌푸리며 이해할 수 없다는 듯이 말했다.

"누가 아니래냐. 난 그까짓 것 줘도 안 먹겠어. 숙이 누나가 모처럼 요리 좀 하나 했더니, 그러면 그렇지……."

명이 누나에게 다시 한 번 일장 연설을 들은 다음에야 뿌다귀 영웅들은 현이 방으로 피신해 올 수 있었다. 방에 들어오자마자 철이가 걱정스럽게 말했다.

"현아, 아무래도 저 사진 수선하지 않고는 무사하지 못할 것 같다."

"그래, 나도 지금 그걸 생각하고 있었어. 뭘로 애꾸눈을 땜질하지?"

"단추 같은 걸 붙이는 게 어때?"

"더 이상하겠다. 차라리 해적선 선장처럼 까만 헝겊으로 안대를 만들어 붙이면 어떨까?"

"야, 그러면 꼭 죽은 사람 같겠다."

"그럼 어떻게 하지……?"

현이와 철이는 생각에 잠기기 시작했다. 현이는 애써 좋은 생각을 떠올리려고 노력하고, 철이도 철이 나름대로 이맛살을 찌푸리며 궁리했다. 조용한 가운데 시계 초침 소리만이 째깍째깍 들려 왔다.

방안을 왔다갔다하며 심각하게 머리를 짜내던 철이가 갑자기 손뼉을 치며 소리쳤다.

"생각났다!"

"뭔데?"

"손오공을 만드는 거야, 손오공을."

"손오공을? 어떻게?"

"니네 매형, 사실 좀 원숭이 비슷하게 생겼잖냐. 그러니까

이번 기회에 아주 손오공을 만들어 주는 거야."

"어떻게?"

"백과 사전 같은 데서 원숭이 사진을 도려 내서 니네 매형 사진 위에 찰싹 붙여 놓자는 거야. 어때?"

"그거 굿 아이디어다! 가끔은 니 머리도 써먹을 때가 있구나."

"이거 왜 이래? 내 머리가 어때서?"

"그래그래, 아무튼 그래 놓고는 우리 누나 얼굴에도 약간의 가공을 하는 편이 좋겠어. 안 그러면 얼마나 섭섭해 하겠냐? 무슨 일이든 공평해야 돼."

"어떤 가공을 한다는 거야?"

"목에 염주를 건다든가 얼굴에 수염을 그려서 삼장 법사를 만드는 거야."

"중도 수염이 있나?"

"그럼 아예 돼지 사진을 오려서 저팔계로 만들든지."

철이도 좋다고 맞장구를 쳤다. 현이와 철이, 두 뿌다귀 영웅들은 신바람이 나서 사진을 가져다 성형 수술을 시작했다. 일은 순식간에 끝났다. 완성을 해놓고 보니 정말 근사해 보였다.

"야, 이거 꼭 동물들의 약혼 사진 같다."

고마워요, 외삼촌

"외삼촌이다! 숨자!"
 요란하고 묵직한 발소리가 점점 가까워 오자, 현이가 철이에게 다급하게 외쳤다. 그와 때 맞춰,
 "현아! 철아! 이 말썽꾸러기들 어딨냐?"
 하는 하마 울음소리 같은 외삼촌의 목소리가 울려 퍼졌다.
 "숨을 필요가 뭐 있니? 니네 외삼촌은 우리 편이잖아."
 "아니야. 지금은 아래층을 대표해서 벌을 주려고 올라오는 게 분명해. 빨리 숨자고."
 그러나 방안에서 숨어 본들 부처님 손바닥이지 어디에 숨겠는가. 이리저리 우왕좌왕 갈피를 못 잡고 허둥대는 동안, 외삼촌이 방문을 벌컥 열고 들어왔다.
 "왜…… 왜 오셨어요?"
 현이가 애써 아무렇지도 않은 척 물었다.
 "하실 말씀 있으시면 빨리 하고 가세요. 우린 지금 바빠요."

그런데 외삼촌은 기어이 아버지가 마시다 둔 양주병을 찾아낸 모양이다. 얼굴이 삶은 문어마냥 시뻘게진 채 두 눈을 게슴츠레하게 끔벅거린다.

"왜, 왜 왔냐고?"

"아저씨, 약주 드셨군요. 취하셨죠?"

"음, 마셨지. 하지만 그거하고 이거하고는, 딸꾹! 상관 없는 일이야."

"이거라니오? 이게 뭔데요?"

"응? 이게 뭐였지? 딸꾹! 가만 있어 봐. 생각이 잘 안 나는데, 딸꾹!"

외삼촌은 자기가 무엇 때문에 여길 올라왔는지 너희들도 같이 생각해 보자면서 연방 딸꾹질을 했다.

"에이, 외삼촌 혼자서 마음속으로 생각한 걸 우리가 어떻게 알아요?"

"글쎄 말이야."

"아냐, 아냐, 딸꾹! 혼자서 생각한 게 아니라 뚜렷한 용건, 딸꾹! 공개적인 일로 온 거라구."

현이와 철이는 외삼촌의 기억력을 형편없이 떨어지게 한 양주에게 감사와 찬사를 보내며 마주 쳐다보고 히죽 웃었다.

"기왕 잊어버린 거 무리해서 억지로 생각해 낼 필요 없잖아요. 정신 건강에 나쁘다고요."

"그래요. 괜히 고민하실 거 없이 다른 일이나 생각하시는 게 좋겠어요."

"그럴 수야 없지."

"왜요?"

"왜라니. 본연의 사명을, 딸꾹! 완수하고 나서 다른 일을 해도 해야지, 딸꾹! 뭔진 몰라도, 딸꾹! 아주 중대한 임무를 띠고 온 거라고."

외삼촌이 고전을 면치 못하자, 현이와 철이는 슬그머니 장난기가 발동했다.

"그럼 힌트를 드려요?"

"힌트? 그거 좋지."

"약 자로 시작하는 거."

닥터 신 아저씨의 이름은 '신약한'이다. 그래서 고등학교 다닐 때에 친구들이 '악한'이란 별명을 붙여 주었다고 한다.

"약이라……, 모르겠는걸. 딸꾹! 다른 힌트!"

"그럼, 요한은요?"

닥터 신 아저씨는 악한이란 별명이 싫어서, 자기 이름의 약자는 기약할 약, 맺을 약, 맹세할 약, 검소할 약, 간략할 약, 대개 약으로 쓰이지만, 이 자는 동시에 믿을 요, 약속할 요라고도 읽으니 자신의 이름은 요한이라고 했다. 신요한. 성서 속의 요한 복음의 요한. 세례 요한의 요한.

"딸꾹! 요한?"

"네, 요한이오."

그러자 철이가 벌떡 일어나 '따리란 따리란 딴 딴짠짠 딴 짠짠 따리라리라리란 따란따란……'하고 요한 슈트라우스의 '비엔나 숲속의 이야기'를 흥얼거리며 온 방안을 빙글 빙글 돌았다.

"야, 이 녀석아. 헷갈린다, 헷갈려. 딸꾹! 말만 한 녀석이 왜 정신 없게 방을 빙빙 돌아?"

"이것도 다 힌트라고요, 아저씨."

"외삼촌, 아래층에서 누나들이 기다릴 텐데 그만 내려가 보세요."

"아니다. 주어진 임무는 완수하는 사나이, 딸꾹! 사나이 중의 진짜 사나이!"

"그럼, 빨리 완수하시든지요."

"가만 있어 봐라……. 애당초 내가 여길 왜 왔더라? 딸꾹! 약한, 요한. 약, 약, 약혼……."

외삼촌이 사건의 중심에 근접하려 하자, 현이는 안 되겠다 싶어 얼른 화제를 돌렸다.

"외삼촌, 그건 나중으로 돌리고요. 우선 요한 얘기나 계속 해요."

"요한? 그거야 하려면 얼마든지 있지. 요한을 영어로는 '존'이라고 발음하지. 존 에프 케네디. 딸꾹! 미국의 내동팅이었지. 임기 중에, 딸꾹! 총에 맞아죽었어. 총이라? 총, 맞다! 가

고마워요, 외삼촌 51

만 있어 봐라……. 내가 올라온 이유가, 딸꾹! 그거하고 비슷했는데…….”

그러자 이번에는 철이가 말을 돌렸다.

“아저씨, 우리 집 치와와 이름도 존이니까 요한이겠네요?”

“그렇지. 아무튼 요한이란 사람 중에는 유명한 분이 많이 있다. 딸꾹! 보헤미아의 왕이자 독일 황제의 아들이었던 요한 룩셈버그. 그 요한은 이탈리아에 쳐들어갔다 와서는 눈이 멀어서 장님이 되었지. 그래서, 딸꾹! ‘장님 왕’이란 이름으로…… 장님 왕? 요한, 약혼……, 현아!”

드디어 외삼촌은 왜 자신이 현이 방에 왔는지를 생각해 냈다.

“너, 매형과 누나의 약혼 사진을 활로 쏴서 박살을 내고…….”

“박살은 아니에요. 그건 너무 억울해요.”

“시끄러! 아무튼 그렇고, 또 매형을 장님으로 만들어 놨다며?”

“아저씨, 장님이 아니라 애꾸눈이에요.”

“이 녀석, 장님이나 애꾸눈이나.”

“아니에요, 외삼촌. 달라도 크게 다르죠. 눈이 한쪽밖에 없으면 정신 통일이 잘 돼서 활을 쏘는 데도 좋지만요, 장님이면 깜깜하잖아요.”

현이의 변명에 외삼촌은 자기가 직접 확인을 해야겠다며,

문제의 사진을 가져오라고 명령했다.

그러나 현이와 철이의 걱정과는 달리, 외삼촌은 사진을 들여다본 순간,

"으하하하!"

하고 웃음을 터뜨렸다. 역시 코끼리 외삼촌은 뿌다귀 영웅들의 동지이자 이해자다웠다.

"야, 이거 참 착상이 기발하다. 굿! 굿! 베리 굿 아이디어다."

그러면서 외삼촌은 '원숭이한테 꼬리를 그려 넣었으면 더욱 좋았을 텐데'하고 한술 더 떴다.

"꼬리? 테일 말이죠? 왜 우리가 그 생각을 못했지?"

철이가 아까 배운 영어를 써먹었다.

"테일? 그렇지 몽키 테일. 너 영어도 아주 잘하는구나. 으하하하!"

현이는 외삼촌의 의견대로 닥터 신 아저씨한테 꼬리를 그려 넣었다.

외삼촌은 뭐가 그리 신나고 유쾌한지 사진을 한 번 보고 웃고, 다시 또 보고 웃느라 정신이 없었다. 그리고 손오공과 저팔계, 원숭이와 돼지의 약혼식에 피로연이 없으면 안될 말이라며 파티를 여는 게 어떻겠냐고 제의했다.

그때 닥터 신 아저씨가 들이닥쳤다.

외삼촌이 이층 현이 방으로 들어간 뒤 감감무소식이라 궁

고마워요, 외삼촌 53

금해 하던 차에 닥터 신 아저씨가 오자, 누나들이 이층엘 한번 올라가 보라고 해서 온 것이다.

 닥터 신 아저씨는 눈앞의 광경에 어이없는 표정이었다.

 "아니, 이게 어떻게 된 거야? 이건 정말⋯⋯. 얼굴은 원숭이에 꽁무니엔 꼬리까지 달리고⋯⋯."

 "그럼 꼬리가 꽁무니에 달리지, 얼굴에 달린 거 봤나? 하하하!"

 닥터 신 아저씨의 출현에 뿌다귀 영웅들은 조금 움찔하긴 했지만, 완전히 자기네들 편이 되어 버린 외삼촌을 믿고 현이와 철이도 눈물이 찔끔 날 만큼 웃어댔다.

 "그래그래, 꼬랑지는 그렇다고 쳐. 내 얼굴에 원숭이 사진을 오려 붙이다니. 이 신요한 군이 어디로 보아 원숭인가? 정말 해도해도 너무 했군."

 "아이들이 장난을 좀 친 걸 가지고 뭘 그러나?"

 "그럼 자넨? 자네도 아인가? 그걸 보고 배꼽이 빠져라 웃어대고 있게."

 "미안, 미안. 하지만 이건 다 자네 조상 때부터 운명 지워진 일이야."

 "그건 또 무슨 소린가?"

 "자네 성이 왜 하필이면 신가야? 자넨 십이간지도 모르나? 자축인묘진사오미신유술해! 그 가운데 신은 원숭이야. 옥편에 보면 분명히 '원숭이 신'으로 나와 있다 이 말씀이라고. 그러니까 애들이 자넬 원숭이로 만든 것에도 다 정당한 이유가 있다 그 말이네. 그게 싫으면 애들 탓을 하지 말고, 원숭이 신가가 된 자네 조상 탓을 하라구."

외삼촌의 '귀에 걸면 귀걸이, 코에 걸면 코걸이'식의 해설에 닥터 신 아저씨도 픽 웃음을 짓지 않을 수 없었다.

이렇게 해서 뿌다귀 영웅들은 사진 사건에서 무사히 빠져나올 수 있었다.

못 먹을 밥에 재 뿌리기

할머니와 어머니는 노인대학 공연 때 할머니가 입을 색동한복을 사가지고 들어왔다. 할머니는 지난해부터 노인 대학에 다니며 노래와 춤을 익히고, 때때로 자원봉사 같은 것도 하곤 했다.

어머니는 안방에 아무도 얼씬 말라는 금족령을 내린다음, 할머니의 옷맵시를 이리저리 살펴보았다.

"어머님, 썩 잘 어울리세요. 어쩜 이렇게 칫수를 재서 맞춘 옷처럼 꼭 맞는지 모르겠네요."

"어멈의 눈대중이 정확해서 그렇지."

"아니에요, 어머님. 어머님의 체격이 표준형이시라 잘 맞는 거예요. 허리를 펴시고 팔을 사뿐 들어올려 보세요."

"자아, 이렇게 말이냐?"

"무대에 서시면 단연 어머님이 돋보이실 거예요."

"정말 그럴까? 이거 원 부끄러워서……."

"부끄러우시긴요. 이왕이면 머리에 족두리도 써 보세요."

"아니다. 족두리야 안 맞으려고. 그날 써도 돼."

"그렇지 않아요. 의상 차려 입으시는 것도 연습해 두셔야 해요."

그러나 할머니는 쑥스럽다며 얼굴까지 빨개졌다.

"어머님도. 저랑 둘뿐인데 뭐 어떠세요. 빨리 써 보세요."

"그럼, 네가 모처럼 사준 거니 어디 한번 써 볼까?"

족두리를 쓴 할머니를 보고 마치 새댁 같다고 어머니가 호들갑을 떨 때, 큰딸 숙이가 금족령을 무시하고 안방으로 불쑥 들어왔다.

"아휴, 금족령까지 내려놓고 두 분이 뭐하시는……, 어? 할머니!"

"에그 원, 결국 숙이한테 들켰구나."

"호호호, 나이 드시면 어린애가 된다더니……."

숙이가 깔깔거리며 웃자, 할머니는 낭패한 빛을 감추지 못했다.

"숙아, 너 말버릇이 그게 뭐냐? 이건 네 결혼식 날 폐백 드릴 때 입을 옷이야. 미리 공개하면 안 좋다고 해서 할머니께 한번 입어 보시라고 한 거다."

할머니는 어머니의 말에 구세주라도 만난 듯,

"맞다, 맞아. 내가 그 뭐라더라…… 옳지! 마, 마네킹 노릇을 한 게다. 알았나?"

하고 변명을 했다.

"그래요, 할머니? 난 또 그것도 모르고……. 하지만 그래도

못 먹을 밥에 재 뿌리기 57

너무해요. 내가 입을 옷인데, 나도 안 보여주고."
"지금 이렇게 봤지 않냐."
"그럼 할머니, 제가 화장을 시켜 드릴까요? 분도 칠하고, 입술 연지도 바르고……. 노인일수록 가꿔야 하는 거라고요."
"아, 아니다. 원, 주책도. 이 할미를 갖고 놀리는 거냐?"
"놀리긴요. 아니에요, 할머니. 곱게 차리신 다음 기념 사진 한 장 찍어요, 네?"
"그러세요, 어머님."
"아니다. 어멈아. 나 이 옷 벗을란다."
그러자 숙이는 그 옷과 족두리를 자기 방에 갖다 놓겠다며 자못 신이 났다. 할머니는 거의 울상이 되다시피하여 어머니에게 구원의 눈길을 보냈다.
"숙이야, 그 옷은 결혼식 날까지 할머님이 보관하시는 거야."
"왜요?"
"그, 그래야 재수가 좋대요."
"그래, 어멈 말이 맞다. 옛날부터 그런 풍습이 내려오지."
"아이, 그런 말은 또 생전 처음이네. 하지만 뭐 그래야 재수가 좋대니 하는 수 없지요."
숙이는 아쉬운 표정으로 일어나서 주방으로 나갔다. 요즘 현이네 집에서는 큰딸 숙이가 신부 수업을 한다며 주방을 독점하고 있었다. 온 집 안에 구수한 냄새가 퍼지기 시작했다. 그 냄새는 이층에 있는 현이와 철이의 코도 간지럽혔다.

현이와 철이는 저번 사진 사건 때문에 거의 일주일 동안이나 만나지 못했었다. 그래도 두 방 사이에 설치해 놓은 통신 시설로 매일 편지를 주고받긴 했지만, 서로 떨어져 있으니 두 뿌다귀 영웅은 도무지 신이 나지 않고 힘도 나지 않았다.

그러던 것이 겨우 오늘에서야 어울려 노는 것이 허락되어, 철이가 현이 집에 온 것이다.

누나들은 '저것들이 또 무슨 일을 저지르지' 싶어 신경이 날카로워졌으나, 현이와 철이는 전혀 신경 쓰지 않고 조립식 탱크 만들기에 여념이 없었다.

"야, 이게 무슨 냄새냐? 되게 맛있겠는걸."

"숙이 누나가 또 희한한 요릴 만드는 중이겠지, 뭐. 냄새만 기가 막히지 실제로 맛을 보면 형편없어."

"아, 배고프다. 안 되겠다. 현아, 나 집에 가서 밥 먹고 다시 올게."

"야, 지금이 몇 신데 밥 먹고 다시 오냐? 지금 가면 또 못 와. 내일 놀라고 그럴 게 뻔한걸."

"그래도 배가 고픈걸?"

"잠아. 우리 집에서 같이 먹으면 되잖아. 아무리 너만 빼놓으려고."

"아니야, 지금 상황 같아선 국물도 없을 것 같아. 오랜만에 놀러 왔더니 니네 누나들이 번갈아 가며 문 열어 보고 눈 흘기고 그러잖니."

그러고 보니 철이 말이 맞는 것 같았다.

"철아, 너 못 먹을 밥에 재 뿌린다는 말 들어 봤지?"

"응. 근데? 아, 알았다. 국에다가 재를 넣자, 그거니?"

"천만에, 재를 지금 당장 어디서 구하냐? 그것보다 국에다가 소금을 왕창 집어넣는 거야. 소금도 맛소금이 아니라 김장할 때 쓰고 남은 굵은 소금 있지? 그걸 넣자."

"좋았어, 대찬성이야."

뿌다귀 영웅들은 일주일 만에 근신이 풀린 주제에 또 몸이 근질근질했다. 그래서 만나자마자 또 이렇게 장난 칠 계획을 세운 것이다.

"잠깐. 그런데 소금은 누가 넣냐?"

철이가 걱정하자,

"그야 물론 너지."

하고 현이가 당연하지 않냐는 듯 천연덕스럽게 대답했다.

"내가 목발을 짚고 덜그럭거리면서 부엌에 가야겠냐, 그럼?"

"너, 발 다 나았잖아."

"그래도 우리 식구들은 아무도 모르잖니, 내 발, 다 나은 거."

"니네 매형 될 사람, 되게 엉터리 수의사구나. 너 매일 치료해 주면서 그것도 몰라?"

"모르긴 왜 모르냐? 다 알면서도 숙이 누나가 보고 싶어서 능청을 떨고 있는 거지."

"그래도 난 싫다. 니네 외삼촌한테 얼마나 혼나려고."

"우리 외삼촌, 그럴 사람 아니야. 너 저번에 외삼촌이 전적으로 우리 편든 걸 못 봤어?"

그래도 철이가 썩 나서려 하지 않자 현이는 할 수 없이 한 발 물러섰다.

"그럼, 좋아. 우리 둘이 합동 작전으로 나가자."

합동 작전이란 말에 철이는 동의했다. 현이와 철이는 곧 아래층으로 내려갔다. 그리고 부엌 가까이 가자, 철이가 얼른 현이를 부축하고 현이는 일부러 발을 절룩거렸다. 현이를 부축한 철이의 손이 와들와들 떨리고 있었다.

"배짱이야, 배짱. 남자가 그렇게도 배짱이 없어서야 무슨 큰일을 하겠냐? 위대한 사업에 착수할 때에는 위대한 용기를……."

"국솥에다 소금이나 처넣는 게 그다지 위대한 사업 같아 보이진 않는데?"

"쉿! 도중에 변심하는 건 배신 행위다. 우리는 누가 뭐래도 영웅이야, 영웅. 뿌다귀 영웅!"

현이가 철이의 용기를 북돋워 주며 부엌으로 들어서자,

"니들 웬일이니?"

숙이 누나가 곱지 않은 눈으로 맞아 주었다.

"어? 누나 여기 있었구나."

"여자가 부엌에 있는 게 당연하지, 뭘. 너희야말로 웬일이냐? 사내가 부엌엘 다 들어오고."

"누가 오고 싶어 왔나? 목이 마르니까 물 좀 마시려고 온 거지."

"목도 마를 거다. 장난을 그렇게 치면서 목이 안 마를 리가 없지. 자, 여기 있다."

'장난'이란 말에 현이와 철이는 괜히 찔끔해서 주춤거렸다. 그러나 곧 현이는,

"지금이 한여름이야? 냉수를 마시게."

하고 시치미를 뗐다.

"정말 골고루 귀찮게 하는군. 그럼, 좀 기다려."

"그렇지 않아도 기다릴 거야."

숙이 누나가 가스 레인지에 주전자를 올려놓고 국에 간을 맞추는데, 옥이 누나가 큰소리로 불렀다.

"언니! 전화 받아!"

"그래, 알았어!"

와! 이게 웬 하느님의 축복이냐! 현이와 철이는 감격까지 할 지경이었다.

"애들아, 물 끓는지 보고, 국이 넘나도 보고."

못 먹을 밥에 재 뿌리기 63

"알았어. 염려 딱 붙들어 매 놓으셔."
 정말 뜻이 있는 곳엔 길이 있는 법인가 보다. 현이와 철이는 재빨리 소금통을 찾아 한 움큼 집어넣고 국자로 휘휘 저었다. 그러고는 서로 대성공을 축하하며 현이 방으로 돌아왔다. 이제 남은 건 식사 시간을 기다려 식구들의 반응을 구경하는 일뿐이다. 모처럼 즐거운 저녁 식사 시간이 될 것이다. 삼십 분쯤 지나자 옥이 누나가 방문을 똑똑 두드렸다.
"애, 니들 내려와서 밥 먹어."
"우린 별로 생각이 없는데."
"배고프지 않니?"
"아니."
"흥, 싫으면 그만둬라. 나중에 후회하지나 마."
"누나나 후회하지 않도록 하지?"
 옥이 누나가 내려가고 조용하다 싶더니, 이번엔 어머니가 올라왔다.
"현이야, 어서 내려오너라. 철이도."
"밥 안 먹을래요."
"저도요."
"왜 끼니를 거른다고 그래?"
"배가 아파서요."
"그럼, 먹진 않더라도 내려와 자리는 지키렴. 그리고 너 때문에 철이까지 굶을 수야 없지 않니?"

"알았어요. 곧 내려갈게요. 먼저 내려가세요."

어머니가 아래층으로 내려가자, 철이가 조그맣게 노래를 부르기 시작했다.

"배가 고파서 배가 고파서 맛있는 육개장 생각이 나네."

그러자 현이가 얼른 맞받아 불렀다.

"배가 아파서 배가 아파서 소금국은 먹지 않겠네."

"너 진짜 배 아프니?"

"아프긴 뭐가 아파? 하지만 소금 육개장은 원래 좋아하지 않거든."

"그래도 기왕에 당할 건데 내려가서 구경이나 하자."

"그래, 그것도 좋은 생각이다. 이왕 구경하려면 링 사이드가 일등석이지. 가까이서 보자고."

현이와 철이가 식당으로 내려가자 할머니, 아버지, 어머니, 누나들, 외삼촌, 그리고 닥터 신 아저씨까지 와서 비좁게 앉아 있었다.

"오, 현이냐. 거기 앉거라. 철인 오랜만이구나. 왜 그동안 통 놀러 오질 않았지?"

아버지는 일주일 전의 사건과 그로 말미암아 현이와 철이가 생이별 명령을 받은 걸 모르고 있었다.

"글쎄, 아빠. 현이랑 철이가요, 며칠 전에 활로 사진을 쏴서 형부를 애꾸로 만들었지 뭐예요. 그래서 철이가 내내 우리 집에 못 온 거예요."

옥이 누나의 고자질에 명이 누나도 질세라 거들었다.
"그것뿐인가요. 애꾸눈을 땜질한답시고 원숭이를 만들었대요. 게다가 숙이 언니는 저팔계로 꾸며 놨지 뭐예요."
"현이한테는 좀 미안한 소립니다만, 이왕 말이 났으니 하는 말인데 그 원숭이 사진에는 기다란 꼬리까지 달아 놓고……. 하긴 뭐, 저야 꼬리가 달렸어도 상관없지만 숙이 씨 얼굴 위에 혀를 쑥 내민 돼지 머리 사진을 갖다 붙여 놓은 건 정말 유감입니다."
닥터 신 아저씨까지 현이를 공격하고 나서자,
"난 그렇게 생각하지 않아. 현이와 철이의 기발한 착상에 감격했어. 매형, 이건 표창감입니다."
하고 현이와 철이에게 눈을 찡긋해 보이고는 뿌다귀 영웅들을 두둔했다.
"그거 무슨 얘긴지 하나도 못 알아듣겠군. 좀 차근차근 말해 보게."
"아무튼 자세하고 차근차근이고 간에, 현이와 철이의 그 아이디어와 예술성과 어마어마한 창조력이 얼마나 의욕적이고 해학적이고 풍자적이고……."
"가만, 가만. 처남은 쉬운 말을 빙빙 돌려서 어렵게 하는 재주가 있어. 선생들 혓바닥은 뭐가 달라도 다른가 보지? 그렇게 청산유수로 좔좔 읊어 대는 걸 보면."
"매형, 정말 말이 나왔으니 말이지, 동물들에게 있어서 혀가 지니는 효용성은 중대합니다. 더구나 저처럼 교직 생활을 하는 사람은 더욱 그렇습니다. 오죽하면 선생 노릇을 저전설경(楮田舌耕), 즉 닥나무 밭에서 혀로 밭을 간다고 하겠습니까?"

외삼촌이 유감없이 드러내는 유식함에 온 식구가 어리벙벙해졌다.

"어디서 뭘로 밭을 갈아?"

외삼촌은 식구들을 한 번 쭉 둘러보고 헛기침을 한 다음, 입을 열었다.

"옛날엔 종이 만드는 재료가 닥나무 껍질이었습니다. 책을 종이로 만드니까 닥나무 껍질이라 하고, 그 책을 보면서 강의를 해야 하니까 혓바닥으로 밭을 간다 이 말입니다. 혀란 이렇게 소중한 겁니다. 지금 우리가 이 자리에 모인 것도 먹기 위해서입니다. 혀가 없으면 뭘로 먹겠습니까? 모든 혀가 인류 사회에 공헌하기로는, 멀리는 원시 생활에서부터……."

"알았네, 알았어. 하지만 내 사진에 꼬리를 붙이자고 한 건 자네였다며? 그건 너무 악의에 찬 장난이었어."

"꼬리? 꼬리 얘길 좀 할까? 먹을 수 있는 모든 고기 가운데 꼬리처럼 맛 좋은 부분은 다시 없네. 용미 봉탕이라고 알지? 잉어 꼬리와 닭의 꽁무니로 끓인 국일세. 최근 미국에서는 꼬리 곰탕을 상통에 넣어 통조림으로 만들어 수출하기에 이르렀네. 따라서 원숭이에게 꼬리가 없다는 건 큰 수

치요 결함이 아닐 수 없지. 그래서 그걸 내가 자넬 위해 특별히 보완해 주었으니, 이 얼마나 고맙고 자상한 일인가."
"그 되지도 않는 소리 그만하고 우리 숙이 씨 요리 솜씨나 음미하세."
닥터 신 아저씨 말에 아버지도 껄껄 웃으며 숙이 누나에게 빨리 육개장이나 떠오라고 일렀다.

소금의 참된 가치

식사가 시작되자, 가장 좋아하는 사람은 외삼촌과 닥터 신 아저씨였다.

외삼촌이야말로 먹을 걸 앞에 두면 언제나 좋아하는 사람이지만, 닥터 신 아저씨는 순전히 약혼자인 현이 큰누나가 요리한 음식을 먹는다는 기쁨 때문이다.

"숙이 씨의 솜씨를 맛보게 되다니, 정말 영광입니다. 헤헤."

"이 사람, 헤헤가 뭔가, 헤헤가. 남자답게 좀 호탕하게 웃어 보게."

"그래서 자넨, 하마 감기 걸린 소리처럼 웃나?"

"자네, 하마 감기 걸린 소리 들었어? 들었어?"

닥터 신 아저씨와 외삼촌은 아주 친한 사이이면서도 만나기만 하면 티격태격 말싸움을 한다. 그도 그럴 것이, 외삼촌은 거구에다 목소리도 굵직하고 성격이 호탕한 데 비해, 닥터 신 아저씨는 여자같이 생긴데다 목소리도 가늘고 성격도 꼼꼼 사상하다. 그 둘을 비교해 보면 어떻게 친구가 되었는지 의심스러울 정도다.

"변변친 않지만 정성껏 만들었으니 맛있게들 드세요."

숙이 누나가, 속으로는 자신만만하면서도 인사 치레로 이렇게 말했다. 할머니가 제일 먼저 숟가락을 들자,

"냄새 좋은데, 언니"

"맛있어 보이는구나."

식구들은 먹기 전부터 칭찬이다.

그러나 딱 두 사람, 현이와 철이만은 흥미진진한 눈으로 식구들 얼굴을 뚫어져라 쳐다볼 뿐 숟가락을 들지 않았다.

"식기 전에 어서 드세요."

"히얏!"

"엉?"

"꽥!"

드디어 기다리고 기다리던 사태가 벌어졌다. 여기저기서 기대했던 것 이상의 비명 소리가 터져 나온 것이다.

"아니, 왜 그러세요?"

식탁 옆에 서 있던 숙이 누나가 두 눈이 휘둥그레져서 물었다.

"이, 이게 웬일이냐? 내 평생 이렇게 짠 육개장은 처음이다."

"짜요? 이를 어쩌나!"

숙이 누나는 울상이 되어 어쩔 줄 모르고, 현이와 철이는 마주 보고 쿡쿡 웃었다.

"언니, 이거 요리책 보고 만들었지?"

"그래, 요리책에 나온 대로 했는데."

"혹시 활자가 잘못된 게 아닐까? 소금 분량에 말이야……."

"그, 그래. 그런가 보다."

이때 현이가 한 마디 하지 않을 수가 없다.

"너희는 세상의 소금이니, 만일 소금이 그 맛을 잃으면 무엇으로 짜게 하리오!"

낭독조로 읊은 다음,

"큰누나, 그럴 거 없이 물을 더 붓고 한 번 더 끓이지 그래. 간단한 걸 가지고 뭘 안절부절못해."

하고 넌지시 덧붙였다.

"그럼 얘, 맛이 없잖니."

"맛이 없으면 건더기와 양념을 더 넣고 짜면 물, 싱거우면 소금, 짜면 물, 싱거우면 소금……."

현이가 신바람 나게 소금, 물을 번갈아 외치는데, 어머니의 날카로운 목소리가 현의 귀를 때렸다.

"현이, 이 녀석. 너 저리로 좀 나와 봐."

"왜요, 엄마?"

"몰라서 물어?"

역시 어머니는 눈치가 빠르다. 다른 식구는 아무도 낌새를 못 챘건만, 어머니만은 짠 육개장이 현이의 작품임을 금방 알아차렸다. 그런데 어머니 못지않게 할머니 또한 눈치가

빨라,

"어멈아, 별안간 왜 그러니? 몸도 성치 않은 애를……. 현아, 그냥 앉아 있거라."

하고 어머니의 꾸중에서 현이를 보호했다. 할머니는 무슨 일이든 언제나 막내 손자 편이다.

"네, 할머니. 명령대로 따르겠나이다."

현이가 엉거주춤 일어서려다 말고 도로 주저앉으며 할머니에게 감사의 미소를 보냈다. 정말 아슬아슬한 순간이었다.

할머니는 집안식구들을 둘러보며 말했다.

"하느님이 주신 일용할 양식을 그렇게 타박하면 못쓴다. 짜면 물을 조금 더 붓고 끓여 먹으면 되잖느냐." 아까부터 얼굴이 새빨개져서 서 있던 숙이 누나가 얼른,

"그럼, 다시 끓여 올게요."

하자, 할머니는 손을 저으며 말렸다.

"아서라. 이제 끓여 언제 먹겠냐? 그럴 거 없이 뜨거운 물 있지? 그걸 각자 국그릇에다 조금씩 타서 먹자꾸나. 그럼, 되지 뭘."

숙이 누나는 뜨거운 물을 가져오기 위해 도망치듯 부엌으로 돌아갔다.

"다들 감사하는 마음으로 내 얘길 들어라. 어서 식사들 하면서……."

할머니는 소금이 얼마나 귀하고 값진 것인지 옛날 이야기

를 하기 시작했다.

"옛날에 슬하에 왕자를 열 명이나 둔 임금이 있었느니라. 그런데 그 임금은 그 열 명의 아들 가운데 누구에게 왕의 자리를 물려줄지 결정을 못하고 망설이고 있었지. 그러던 어느 날 임금은 왕자들을 한자리에 불러 놓고 이렇게 물었지.

'왕자들아, 반찬 중에 어떤 반찬이 가장 으뜸이라고 생각하는지, 한 명씩 차례로 말해 보아라.'

그러자 왕자들은 저마다 고기라는 등, 생선이라는 등, 산나물이라는 등 제 의견을 말했다. 그런데 유독 둘째왕자만이 아무 말 없이 생각에 잠겨 있는 게 아니겠냐? 그래서 임금이,

'둘째는 왜 아무 대답이 없는고?'

하고 물었지. 그랬더니 그제야 둘째 왕자가 대답했다.

'예, 모든 반찬 가운데 무어니 무어니 해도 소금이 제일인 줄 아뢰오.'

'소금이라고? 아니 어째서 그렇다는 거지?'

'예, 제아무리 맛난 음식이라도 소금이 없으면 맛을 낼 수가 없나이다. 음식을 음식답게 하는 것은 소금인 줄로 아뢰오.'

이 총명한 대답에 감동한 임금은 그 후 왕위를 둘째 왕자에게 물려줬다는 게야. 그러니 이 육개장도 차라리 좀 짠

게 낫지, 만약 소금이 없어 간을 못 맞췄다고 생각해 봐라. 먹을 수 있겠냐? 이 음식엔 소금이 좀 많이 들어 가서 그렇지, 다른 흠은 아무것도 없다. 그러니 불평들 말고 물을 조금씩 타서 감사히 먹도록 해라."

할머니의 말에 숙이 누나는 살았다는 표정이 되었고, 현이와 철이도 안도의 숨을 포옥 내쉬었다.

그러나 다른 한편으로 생각해 보면, 현이와 철이는 조금 아쉽기도 했다. 사건을 저지를 땐 숙이 누나가 당황해서 울고불고 난리를 치고, 그것 때문에 결국 크게 야단 맞을 것을 마음속으로 각오를 했는데, 의외로 일이 싱겁게 끝나 버렸으니 말이다.

그때 숙이 누나를 곤경에서 구해 준 할머니에게 닥터 신 아저씨는 무한한 감사를 드렸다. 실은 아까부터 숙이 누나 못지 않게 닥터 신 아저씨도 짠 육개장이 제 탓인 양 전전긍긍하고 있었던 것이다.

"할머니, 말씀 듣고 전적으로 감격했습니다. 하나부터 열까지 모두 옳으신 말씀입니다."

닥터 신 아저씨의 아부에 외삼촌이 비아냥거렸다.

"자네, 그만 좀 해두게. 아무리 숙이 일이라지만, 남자가 그게 뭔가? 똥 마려운 강아지처럼 쩔쩔매고. 아까부터 볼썽사나웠나고."

"그게 아닐세. 정말 소금은 음식물뿐 아니라 의약품으로도 우리 인간에게 더할 나위 없이 훌륭한 가치를 가지고 있지. 그리고 소금의 가치를 알지 못하는 인간은 결코 지혜로울 수 없어. 그 왜 있잖나, 아까 할머니께서 하신 말씀이랑 비슷한 얘긴데, 세 딸을 둔 임금 이야기 말일세."

"세 딸을 둔 임금 이야기? 그게 뭔가?"

"형부, 그 얘기 좀 해봐요. 재미있겠다."

외삼촌도 모른다 하고 옥이도 졸라 대자, 닥터 신 아저씨는 모처럼만에 자기의 유식함을 보여줄 기회가 왔다는 듯 즐거워했다.

"옛날에 공주만 셋을 둔 임금이 있었지. 그런데 어느 날 이 임금은 세 공주를 불러 자기를 얼마나 사랑하느냐고 물었던 거야. 그러자 첫째 공주는 이 세상의 온갖 보물보다도 더욱 찬란한 마음으로 아버지를 사랑한다고 대답했지. 임금은 몹시 흡족해서 자기 나라의 3분의 1을 그 공주에게 물려주었어. 그리고 둘째딸 역시 이 세상 온갖 꽃들의 아름다움보다 더 고운 마음으로 아버지를 사랑한다고 대답해서 나머지 땅의 3분의 1을 받았지. 그런데 셋째 딸만은 '아버님을 소금만큼 사랑합니다' 하고 대답한 거야. 그러자 임금은 노발대발 화가 나서 막내딸을 나라 밖으로 내쫓아 버렸지. 임금이 생각하기론, 그 소금이란 게 정말 보잘것없어 보였거든."

"그래서요? 그게 끝이에요?"

"아니, 더 들어 봐. 그런데 한 해 두 해가 흘러 임금은 자기 두 딸에게 배신을 당해 쫓기는 몸이 되었지. 임금은 말만 임금이지, 그지없이 초라한 모습으로 이 나라 저 나라를 떠돌아다녔어. 그런데 어느 나라에 이르자, 그 나라 왕비가 임금을 저녁 식사에 초대한 거야. 임금은 오랜만에 맛있는 저녁을 먹게 되었다는 기쁜 마음으로 식탁 앞에 앉아 음식을 들었어. 그런데 이게 웬일인지, 그 음식들엔 소금이 전혀 들어 있지 않았어. 그러니 제아무리 보기 좋고 먹음직스러운 음식이라도 먹을 수가 있어야 말이지. 임금은 화가 나다 못해 눈물이 날 지경이었지. 그때 그 나라 왕비가 가까이 다가오더니 '아버님, 저를 잊으셨습니까?'하고 말하는 것이었어. 임금이 깜짝 놀라 바라보니, 바로 자기의 막내딸이었던 거야."

"아, 알았다. 그러니까, 막내딸은 소금이 얼마나 귀한 것인가를 깨우쳐 주기 위해 음식에 간을 안 한 거군요?"

"그렇지. 그제야 임금은 자기가 얼마나 어리석었는지를 깨달았지. 그리고 막내딸의 나라에서 여생을 편안히 보냈대."

오늘은 정말 이상한 날이었다. 현이와 철이, 뿌다귀 영웅들 덕분에 온 식구가 소금의 가치를 알게 되었으니 말이다.

코끼리 외삼촌

 풍성한 저녁 식사(물론 이것은 음식이 풍성했다는 게 아니라, 이야기 보따리가 풍성했다는 뜻이다)가 끝나고, 가족들은 모두 응접실에 모여 앉았다.
 아버지, 외삼촌, 닥터 신 아저씨는 커피를 마시고, 나머지 식구들은 향기로운 유자차를 마셨다.
 아버지가 닥터 신 아저씨에게 수의학에 관한 뭐 재미있는 이야기가 없느냐고 물었다.
 "저는 아직 경험이 적어서 재미있게 공개할 만한 에피소드가 없습니다만, 선배들한테는 더러 있는 모양입니다. 환자에게 물어뜯기는 의사도 있고……."
 "환자에게 물어뜯겨요?"
 철이가 몹시 놀라는 눈치더니 곧,
 "아하, 그렇지. 아저씬 수의사지, 참."
 하고, 자기가 그걸 깜빡 잊었다며 웃었다.
 "아니야, 수의사가 아니라도 환자에게 물어뜯기는 의사가 있다, 너."

현이의 말에,
"에이, 설마."
하고 철이가 믿지 않자,
"정말이야. 나도 저번에 이 치료를 받다가, 아프다고 그만두래는데도 자꾸 치료를 하길래, 에라 모르겠다 하고 그 치과 의사 손가락을 꽉 물어 버렸는걸."
하고 현이가 자랑스럽게 말했다.
그러자 집안식구들은 모두 '저런 철없는 녀석 봤나' 하며 혀를 끌끌 차기도 하고 쓴웃음을 짓기도 했다.
"근데, 아저씨. 동물들 진찰은 어떻게 해요?"
"사람하고 별로 다른 건 없는데, 한 가지 좀 쉬운 게 있지. 동물의 내장 질환은 거의 디스템퍼라는 진단을 내리면 되니까."
"디스템퍼요? 그게 무슨 병인데요?"
"그건 개들이 앓는 홍역 같은 병이지. 그렇지만 옛날엔 인간의 질병에도 적용됐었어. 아무튼 가축의 질병은 통틀어 디스템퍼라고 해도 크게 잘못된 것은 아니야."
"가엾게도……."
명이 누나가 눈살을 찌푸리더니,
"말 못하는 짐승이라고 몽땅 디스템퍼로 진단을 내려도 괜찮다는 거예요, 형부는?"
하고 닥터 신 아저씨에게 바싹 따지고 나섰다. 그러나 닥터 신아저씨는 그런 명이 누나에게 뭐 다 그런 것 아니겠냐는 듯 겸연쩍은 얼굴로 한 번 씩 웃어 주고는 말했다.
"그게 바로 수의사가 덕을 보는 특권이지. 환자가 나중에 악담을 하거나 흉을 보지 못하니까, 의사에겐 아주 유리하지."
아버지가 그도 그렇겠다며 고개를 끄덕끄덕했다.
"환자에 따라 특색 같은 건 없나?"
"왜요, 있습니다. 방안에서 기르는 애완 동물 왕진을 가면 대우가 아주 좋습니다. 진찰이 끝나면 고급 화장 비누에 깨끗한 수건을 내주고, 차 대접도 받지요. 그리고 우리 개가 나을 수 있겠느냐는 등, 음식은 뭘 먹이면 되겠느냐는 등 걱정이 이만저만이 아닙니다."
"완전히 칙사 대접이군."
"네, 그렇습니다. 그런데 마당에서 기르는 개는 좀 다르지요. 우선, 왕진을 와 달라고 청하는 것부터가 뜸하고요, 설령 있다손 치더라도, 가정부가 구경하고 섰다가 '낫지 않을 병이면 귀찮아서 어쩌지요? 그럴 병이면 차라리 그냥 죽이는 게 낫지 않을까요?' 하고 인정사정없이 말합니다. 그럴 땐 제가 마치 개 백정이라도 된 느낌이어서 영 기분이 안 좋습니다."
"하하하, 정말 환자도 가지가지군. 아니, 환자가 가지가지라기보단 그 환자의 주인이 그렇군."

아버지가 재미있어 하자, 닥터 신 아저씨는 흥이 나서 말했다.

"하여간 요즘은 가축 기르는 경향도 옛날하곤 많이 달라졌습니다."

"어떻게?"

"왜, 옛날엔 닭이나 토끼, 기껏해야 개나 고양이 등을 길렀잖습니까? 그런데 요즘은 그런 집짐승들 대신 꿩이나 사슴, 노루 같은 야생 동물들을 우리 속에 넣어 기르지요. 물론 여느 집에선 불가능한 일이고요. 제법 땡땡거리며 잘산다는 집에서 그렇단 말씀이지요. 그리고 외국처럼 원숭이를 애완동물로 기르는 집도 부쩍 늘었습니다."

"원숭이를요? 하하하."

현이와 철이가 거의 동시에 웃음을 터뜨리자, 숙이 누나가 발끈해서 왜 웃느냐고 눈을 흘겼다. 닥터 신 아저씨도 좋지 않은 얼굴로,

"왜들 웃지?"

하고 일침을 놓았다.

"아, 아니에요, 아무것도……."

현이와 철이는 억지로 웃음을 참고, 다른 식구들은 두 아이가 무엇 때문에 웃는지 잘 알면서도 모르는 척 시치미를 뗐다. 닥터 신 아저씨는 원숭이에서 화제를 바꾸려고 얼른 말을 이었다.

"이렇듯 취미와 효용성을 겸한 사육은 인간의 잔인한 면을 잘 드러내는 것으로, 저는 여간 서운하지가 않습니다."

"효용성이라니오? 그게 무슨 뜻이에요?"

숙이 누나가 상냥하게 물어 보았다.

"사슴의 뿔을 잘라서 녹용으로 먹는가 하면, 노루 피를 빼먹는 작자들도 있지."

"어머, 세상에……."

"자기가 기르는 동물의 피를 빼먹는다면 그게 흡혈귀지 별 건가요? 안 그렇습니까?"

동의를 구하는 닥터 신 아저씨의 말에 모두들 고개를 끄덕거리며, 무슨 그런 잔인한 사람들이 다 있느냐고 얼굴을 찡그렸다.

그런데 아까부터 말할 틈을 노리던 명이가 드디어 기회를 잡았다는 듯,

"형부, 원숭이 한 마리 구할 수 없을까요?"

하고 물었다.

"원숭이? 그건 왜?"

"기르려고요."

"구할 수야 있긴 하지만……."

닥터 신 아저씨와 숙이 누나는 원숭이가 다시 화제에 오른 게 못마땅했지만,

"한 마리 구해다주세요, 네?"

하고 명이가 진지하게 부탁하자 곧 누그러졌다.

"명이가 원한다면야, 내가 한 마리 구해다 주지. 졸업 선물로 혈통 좋은 주머니원숭이를 갖다 줄까?"

명이는 정말이냐며 손뼉까지 치고 좋아라 했다. 그러자 옥이는 자기도 올해에 졸업을 하는데, 명이 언니만 졸업 선물을 받는 건 지극히 불공평한 일이라며 투덜거렸다. 그 말이 끝나자마자 현이도 뒤질세라, 자기도 올해에 졸업이라며 원숭이를 선물해 달라고 야단 법석을 떨었다. 닥터 신 아저씨는 곤란한 얼굴이 되어,

"하지만 한 집에 원숭이가 세 마리나 된다는 건 웃음거리야. 그러면 할머님의 노인 대학 졸업을 비롯해서, 숙이 씨, 명이, 옥이, 현이 이렇게 졸업 경사가 잇따랐으니, 내가 대표로 할머님에게 원숭이 한 마리를 바치는 것으로 하지."

하고 말했다. 그러나 할머니는,

"난 소용 없어. 그런 얄망궂은 짐승은 절대 집 안에 들여놓지도 않으려니와, 무엇보다도 우리 메리하고 같이 살 수가 없다고. 자고로 견원지간이랬어, 개하고 원숭이는. 앙숙이라 절대 같이 못 길러."

"에이, 할머니도……. 메리는 밖에서 기르고, 원숭이는 집 안에서 기르면 되잖아요."

"그 해괴한 짐승하고 어떻게 같이 사냐?"

"해괴하긴 뭐가 해괴해요? 할머닌 텔레비전에서 타잔도

못 보셨어요? 얼마나 귀여운데요."

"그 벌거벗고 으아으아으아 하고 외치는 사람 나오는 거? 난 그것만 보면 소름이 다 돋아나더라."

"아이 할머니, 허락해 주세요."

"글쎄 안 돼. 절대 안 된대도."

할머니의 강력한 반대에 부딪친 명이, 숙이, 현이는 쫑알쫑알 투덜투덜 불평들이 심했다.

그러자 철이가 두 눈을 반짝이며, 좋은 수가 있다고 했다.

"무슨 좋은 수?"

현이가 귀가 번쩍 뜨여 다그쳤다.

"우리 집에다 갖다 놓고 기르는 거야. 그리고 놀러 와서 보면 되잖아."

"하지만 니네 집에도 존이 있잖아."

"존은 마당에 묶어 두고, 원숭이는 마루에 두면 되지 뭐."

"그래, 그럼 그게 좋을 것 같다."

아이들은 이제 안심하고 좋아라 했지만,

"철이 부모님께서도 허락하시지 않을걸."

하고 아버지가 그 말에 찬물을 끼얹었다.

"염려 마세요. 제가 밥도 안 먹고 조르면 들어주실 거예요."

"허 참, 그 녀석!"

그런데 아까부터 외삼촌이 조용하다 싶어 보니, 꾸벅꾸벅

졸고 앉아 있었다.
"자넨 신군 얘기가 흥미 없는 모양이지?"
아버지가 외삼촌에게 물었다.
"밤낮 들어 봐도 그 얘기가 그 얘긴데 흥미가 있을 턱이 없지요."
"애들 외삼촌의 관심사는 결혼 문제뿐이지요, 뭐. 어디 얌전한 신부 후보감이 있다는 얘기나 하면 몰라도 그 밖에는 귀에나 들어오겠어요?"
"누님 말이 옳습니다. 어디 그런 후보 없습니까?"
"저 함지박처럼 웃는 것하고. 자네한테 맞을 색싯감이 어디 있겠나? 적어도 잠수함만큼은 되어야 구색이 맞을 텐데."
"아닙니다, 할머님. 반드시 그렇지만도 않습니다. 신랑이 초대형이라고 신부까지도 덩달아 초대형일 필요는 없는 거지요."
닥터 신 아저씨가 애써 외삼촌을 변호해 주었지만, 정작 외삼촌 본인의 의견은 또 달랐다.
"아니야. 한쪽이 작으면 다른 한쪽이 더 커 보이니까, 부부는 역시 비슷해야 하지. 숙이야, 네 친구나 선배 중에 몸집이 너무 커서 혼자 살 결심이라도 한 여자 혹시 없냐?"
"에이, 외삼촌도. 그런 친구나 선배는 없어요."
"없어? 역시 없겠지. 없는 게 낭연해."
외삼촌이 짐짓 낙담한 표정을 짓자,

"있어요, 있다고요!"

하고 옥이가 사막에서 오아시스라도 발견한 듯 큰소리로 외쳤다.

"있다고? 어디에?"

"우리 학교 가정 선생님인데요. 작은언니도 알지? 마 선생님."

"맞아. 등잔 밑이 어둡다더니, 우리가 왜 여태 그 선생님 생각을 못했지?"

어머니가 옥이 곁으로 바싹 다가앉으며 물었다.

"마 선생이라면, 성이 마 씨냐?"

"네."

"마 선생이라, 성씨만 들어도 커 보인다."

"얼굴이나 외모는 빼어나요. 기운도 장사고요. 무거운 실습 기구를 옮길 때에도 한쪽을 혼자서 너끈히 맡을 정도니까요. 다만 한 가지, 체격이 너무 위대한 게 흠이어서 지금껏 시집을 못 갔어요."

"그래그래, 가정 선생이면 너희 외삼촌한테는 정말 안성맞춤이다. 개학하면 내가 학교에 가서 슬쩍 보고 와야겠구나."

"누님, 잘 좀 부탁합니다."

외삼촌이 과장된 몸짓으로 넙죽 절을 하며 씨익 웃었다. 현이는 코끼리 외삼촌하고 말 아주머니라면 그런대로 잘 어울리겠지만, 그러면 자기네 집이 곡마단이 될 것 같다는 생각을 하고는 혼자 쿡쿡 웃었다.

"원숭이 매형에, 돼지 누나, 코끼리 외삼촌에 말 아줌마……. 히히!"

현이가 조그맣게 중얼거리는 소리를 철이가 알아듣고는,

"하하하!"

하고 웃음을 터뜨렸다.

철이의 웃음에 현이도 더 이상 참을 수가 없어 따라 웃었다.

"하하하!"

"히히히!"

현이와 철이의 느닷없는 웃음에, 외삼촌 색싯감에 대해 열중해 있던 식구들은 도무지 영문을 몰라 두 뿌다귀 영웅을 어리둥절한 눈으로 쳐다보았다.

한밤중의 덩더꿍

'덩더꿍 덩더꿍 덩기덩기 덩더꿍
덩더꿍 덩더꿍 덩기덩기 덩더꿍……'
"현이, 자니?"
"으응, 왜?"
옥이가 현이 방문을 살짝 열고 들어왔다.
"저게 무슨 소리 같니?"
"소리?"
현이는 졸린 눈으로 옥이 누나를 멍청히 쳐다보았다.
"잘 들어 봐. 저기 저 소리."
'덩더꿍 덩더꿍 덩기덩기 덩더꿍……'
"응? 저게 뭐지?"
그제야 현이는 졸음을 떨치고 귀를 곤두세웠다.
"무슨 소릴까? 도둑이 아닐까?"
"에이, 누나도. 도둑이 뭐 장단 맞춰서 흥청거리며 들어와?"
"그럼, 귀신?"

"요즘 세상에 귀신이 어딨어?"
"그럼, 도대체 뭐냐고?"
"누나가 모르는 걸 내가 어떻게 알아? 가만 있어 봐. 좀 더 들어 보고."
'덩더더꿍 덩더꿍 덩더더꿍 덩더꿍……'
"아래층에서 나는 소린데……."
"니가 한번 내려갔다 와 봐."
"왜 하필 내가 내려가? 숙이 누나, 명이 누나 옆에 두고 일부러 내 방까지 찾아와서 괴롭히긴……."
"그래도 넌 남자 아니니."
"남잔 남자지만, 목발을 짚고서야 어디 남자 노릇인들 하겠어? 가엾은 동생 그만 괴롭히고, 누나가 내려가 봐. 꼭 이럴 때만 남자를 찾더라."
"무서우니까 그러지?"
"아니야."
"거짓말 마. 혼자 가기 무서우면 나랑 같이 가자, 응?"
"겁이 나는 건 없지만 혼자서는 걷기 불편하니까, 그럼 누나가 날 부축해 줘."

옥이 누나가 사내 녀석이 비겁하다고 윽박지르는 통에 현이도 더 이상 앉아만 있을 수 없었다. 현이는 발이 불편하다는 핑계로 누나와 같이 가기로 했다.
아래층으로 내려가 보니, 문제의 소리는 할머니 방에서 새어 나오고 있었다.

"아니, 할머니 목소리잖아?"

"이 밤중에 뭘하시는 거지? 설마 잠꼬대를 저렇게 하시는 건 아닐 테고."

옥이와 현이는 할머니 방문을 살그머니 열고 들여다보았다.

할머니는 덩더꿍 덩더꿍 입장단에 맞춰 춤을 추고 있었다. 그것도 색동 저고리에 족두리까지 쓰고서.

"현아, 할머니가 노망이 드셨나 봐."

"에이, 설마. 아까까지만 해도 멀쩡하셨잖아."

"'나 노망 든다' 하고 알린 뒤에 노망 드는 것 봤니, 너?"

"하긴 그래. 또 모르는 일이야. 그렇지 않고서야 남들 다 자는 한밤중에 족두리까지 쓰시고 가락을 불러 가며 춤을 추실 리가 없지."

"그래, 얘. 이건 사건도 보통 사건이 아니야."

"그럼 어떡하지, 누나?"

"뭘 어떡하니? 엄마 아빠를 깨워야지."

"아냐. 그래도 무슨 사연이 있을지 모르니까, 우리끼리 먼저 알아보자."

현이는 말리는 옥이 누나의 손길을 뿌리치고, 할머니 방으로 들어갔다. 옥이 누나는 하는 수 없이 한 발짝 뒤에서 쭈뼛쭈뼛 현이를 따라 들어갔다.

"에그머니나! 너희들이 웬일이냐?"

할머니는 도둑질하다 들킨 사람처럼 화들짝 놀라며 물었다.

"할머니야말로 주무시지도 않고 웬일이세요?"

"나? 나야 뭐……. 나는 학교에서 내준 숙제가 밀려서 그런다."

"학교라뇨? 노인대학요?"

"그래. 연습해 오라는 걸 언제 시간이 있어야지."

옥이와 현이는 마주 보고 피식 웃었다.

"결혼식 예행 연습이에요?"

"에그 원, 그게 아니라 춤 연습이야, 춤. 화관무."

"우린 그런 줄도 모르고……."

"왜? 놀라서 내려왔냐? 무슨 소린가 해서?"

"네. 저흰 할머니가 망령이 드신 줄 알았지 뭐예요."

"난 안 그랬어. 누나가 그랬지."

"너도 그랬잖아."

"떽끼, 녀석들! 할미 갖구 놀리긴."

"할머니, 저희가 도와 드릴 건 없어요?"

"니들은 빨리 올라가 자는 게 도와 주는 거다."

"알았습니다, 할머니. 숙제 많이 하세요."

"할머니, 너무 무리하진 마세요."

"오냐. 내 걱정말고 어서들 자거라."

할머니가 몇 시까지 숙제를 했는지, 옥이와 현이는 제각기 자기 방으로 돌아와 눕자마자 잠이 들었으므로 알지 못했다.

하나님을 대신해서

 이른 아침부터 전화 벨이 울려 퍼졌다.
 "여보세요. 네? 김금복 여사요? 그런 사람 없는데요. 네, 전화 번호는 맞는데, 그런 사람이 없어요. 네, 네. 없다니까요."
 "현아, 할머님이셔, 할머님."
 "네? 여보세요. 잠깐만 기다리세요. 우리 할머니시래요."
 현이가 전화로 처음 듣는 여자를 찾길래 없다고 하자, 부엌에서 아침을 준비하고 있던 어머니가 뛰어나와, 김금복 여사가 바로 할머니 이름이라고 일러 주었다.
 "할머니, 전화 받으세요!"
 현이는 할머니 방에다 대고 크게 외친 다음,
 "으응, 우리 할머니 이름이 김금복이구나."
 하고 마치 커다란 비밀이라도 알아낸 것처럼 신기해 했다.
 "어디서 온 전화냐? 이른 아침부터."
 "모르겠어요. 남잔데……, 받아보세요."
 현이는 할머니에게 수화기를 건네주었다.
 "에헴! 여보시오. 그렇소이다만……. 아이구, 목사님. 네, 네.

그럼요."

할머니와 목사님과의 전화 통화는 문화인의 통화 시간을 몇 배나 초과했는지 모른다. 목사님은 할머니의 안부를 묻고 나서 아버지, 어머니, 숙이, 명이, 옥이, 현이를 거쳐서 메리의 안녕까지 확인한 뒤에야 용건을 말했다.

그 용건이란 다름 아닌, 현이의 발목 다친 것에 대한 쾌유 기원 기도도 할 겸 오늘 신도들과 심방 기도를 드리러 온다는 거였다.

할머니는 전화를 끊자 목사님 맞을 준비를 했다. 보일러를 뜨끈뜨끈하게 때고, 석유 난로에 기름도 가득 채우고, 유자차를 준비하고, 방석을 살펴보고, 과일을 사다 놓고…….

아침 내내 쓸고 닦고, 손님 맞을 준비를 하느라 온 식구가 분주했다. 어디 그뿐인가. 사람이 많을수록 좋은 거라며, 닥터 신 아저씨와 철이가 임시 식구로 동원되었다.

철이는 현이네 집 현관에 들어서자마자, 이게 웬일이냐고 물었다.

"목사님이 오신다고 그러는 거야."

"목사님이 오셔서 뭐하는 건데? 먹고 마시고 그러니?"

교회엘 안 나가는 철이는 이런 분위기가 낯설었다.

"아냐. 먹고 마시기도 하지만 예배를 보는 게 주된 목적이야."

"교회에 안 가고 집에서?"

"응."

"집에서 어떻게?"

"기도도 드리고, 성경책도 읽고, 찬송가도 부르고, 뭐 그런 거야."

"난 찬송가 아는 게 하나도 없는데."

"다들 하는 대로 따라서 입만 뻥긋뻥긋하면 돼. 속으로야 아리랑을 부르든 유행가를 부르든 네 맘이지."

"그래도 벌받지 않을까? 모두 믿음이 깊은 사람들만 올 텐데."

"야, 말이야 바른 말이지, 믿음이 깊은지 별론지 어떻게 아냐? 그리고 하나님도 널 이해하실 거야. 그걸 이해 못 할 하나님이 아니니까."

"정말 그럴까?"

"그럼, 그렇고말고."

철이는 그제야 마음을 놓았다는 표정이 되었다가, 갑자기 눈을 반짝반짝 빛내며 익살스러운 목소리로 말했다.

"우리 사람들을 한번 시험해 보는 게 어때? 하나님을 대신해서."

"그건 악마나 하는 짓이랬어."

그러나 현이는 말은 그렇게 했지만, 구미가 당기지 않는 건 아니었다.

"하지만 장난삼아 하는 거니까 괜찮겠지 뭐. 뭔데? 어서 말해 봐."

"뭐냐하면 믿음이 두터운 순교자는 활활 타오르는 불 속에서도 태연히 기도를 하다가 죽는댄다. 저번 크리스마스 때 텔레비전을 보니까 그런 장면이 나오더라."

"근데? 빨리 본론이나 말해 봐."

"그러니까, 오늘 니네 식구와 목사님과 또 손님들 중에 진짜로 기도에 골몰해서 무아의 경지에 이르는 사람이 몇이나 되나 시험해 보자 이거야."

"그거 재밌겠다. 방법은?"

철이는 호주머니에서 밤알을 하나 꺼내더니,

"니네 집에 생밤 있나?"

"있긴 있는데 그걸로 뭘 하자고?"

"아까 보니까 석유 난로를 피우더라. 모두 기도하느라 눈을 감고 있을 때 난로 위에 밤을 대여섯 개 올려놓는 거야."

"알았어. 척 하면 삼천리고 쿵 하면 호박 떨어지는 소리지. 더 이상 설명 안해도 다 알아들었다, 이 말씀이야."

아무래도 할머니가 철이를 임시 식구로 불러들인 게 큰 실수였던 것 같다. 두 뿌다귀 영웅은 붙어 있기만 하면, 기어코 사고를 저지르니 말이다.

"애들아, 뭐하니? 어서들 내려와. 교회에서들 오셨어."

숙이 누나가 위층의 현이와 절이를 불렀다. 느디어 목사님이 도착하고, 예배가 시작되는 것이다. 그리고 자신들의 믿음을 시험받을 운명의 시간도…….

"성경 말씀은 누가복음 7장 28절부터 차례로 한 절씩 읽겠습니다. 그럼 제가 제일 먼저 첫 구절을 읽습니다."

목사님은 근엄한 목소리로 성경을 읽기 시작했다.

"내가 너희에게 말하노니, 여자가 낳은 자 중에 요한보다 큰 이가 없도다. 그러나 하나님의 나라에서는 극히 작은 자라도 저보다 크니라 하시니."

목사님에 이어 할머니가 목소리를 가다듬어 읽었다.

"모든 백성과 세리들은 이미 요한의 세례를 받은지라, 이 말씀을 듣고 하나님을 의롭다 하되."

할머니의 목소리를 받아 아버지, 어머니, 외삼촌, 닥터 신 아저씨가 읽고,

"인자는 와서 먹고 마시매 너희 말이, 보라 먹기를 탐하고 포도주를 즐기는 사람이요 세리와 죄인의 친구로다 하니."

하고 현이가 읽었다. 그러자 이번에는 철이가 그 뒤를 이어,

"지혜는…… 음……, 자기의 모든…… 음……, 자녀로 인하여…… 음, 옳다 함을 얻느니라."

하고 떠듬떠듬 겨우겨우 읽어 끝마무리를 지었다.

할머니는 잠시 철이를 못마땅한 눈으로 쳐다보더니, 곧 눈매를 곱게 해서 목사님을 주목했다.

목사님은 방금 읽은 성경 구절에 대한 해설을 감격에 겨

운 목소리로 해주더니 다 함께 머리 숙여 경건한 마음으로 기도하자고 했다.

그 말을 현이와 철이는 행동 개시 소리로 들었다. 기다리고 기다리던 시간이 바야흐로 임박한 것이다.

목사님을 비롯한 모든 사람이 눈을 감고 고개를 숙였다. 물론 현이와 철이는 빼고 말이다.

"사랑이 지극하신 하나님, 저희들의 아버지시여. 만세 전에 뽑아 세우신 당신의 딸 김금복여사 댁에 저희가 모여 고개 숙여 여호와를 경배할 수 있는 은혜 베풀어 주심을 감사하옵나이다······."

현이와 철이는 주머니에서 밤을 꺼내 석유 난로 위에다 올려놓았다. 애초부터 난로 곁에 자리잡고 앉았기 때문에 어려움 없이 작전을 진행시킬 수 있었다.

현이가 철이에게 밤알 튀는 소리가 요란해지면 적당한 기회에 이층으로 도망가자고 몸짓 손짓으로 말했다. 철이는 금방 알아듣고 고개를 끄덕였다.

"······이 댁에 아버지 하나님께서 선물로 주신 귀한 아들 현이 어린이가 발목 부상으로 매우 고통을 겪고 있사오니, 전능하신 손으로 안찰하사, 속히 건강을 되찾게 하여 주시길 간절히 간절히 원하옵나이다······."

밤 타는 냄새가 슬슬 나기 시작했다. 아버지가 어머니를 살며시 흔들면서 아주 자그마한 소리로 말했다.

"여보, 뭐가 타는 냄새가 나는데?"

"전 모르겠는걸요."

"아냐, 분명히 나."

"쉿! 목사님 들으시겠어요."

"……이 댁에 주님이 항상 같이하시고 성령이 언제나 역사하사 신년에는 놀라운 경사가 임하도록 축복하여 주시옵소서……."

이젠 온 집안식구가 코를 킁킁거리느라 정신이 없었다. 오직 목사님과 할머니만이 냄새를 맡지 못한 듯, 기도에 열중할 뿐이다.

"……더욱이 학업을 마치고 상급 학교로 진학하는 이 댁 자녀분들을 위하여 놀라운 성적과 놀라운……."

펑!

이때 정말 놀라운 소리가 났다.

펑! 퍼펑! 펑!

연쇄적인 파열음에 식구들과 신도들은 모두 자리에서 벌떡 일어나 어찌할 바를 모르고 우왕좌왕, 갈팡질팡했다.

펑! 퍼펑!

"어멈아, 이게 무슨 소리냐?"

"목사님, 괜찮으십니까?"

"가스 터지는 소리 아냐, 엄마?"

신성한 기도실이었던 안방은 졸지에 아수라장이 되었다.

서로 까닭을 몰라, 이게 무슨 난리냐며 탄식을 했다.
그때 이미 현이와 철이는 이층 방으로 올라와 데굴데굴 구르며 웃고 있는 중이었다.
"철아, 밤톨 몇 알이 사람들을 그렇게 놀라게 하다니 정말 놀랍다. 하하하!"
"그러게 말야. 히히히! 밤알을 이용한 신무기 개발에 힘을 써 보는 것도 좋을 것 같다."
현이와 철이가 성공을 자축하며 웃고 있는 동안, 아래층에서는 터진 밤톨을 발견하고 그게 누구 짓인지 금방 알아차렸다.
"이, 이놈!"
제일 화가 난 사람은 할머니였다.
"현이 놈, 당장 이리 끌고 와!"
아무리 현이 편인 할머니지만 목사님을 모독한, 아니 하나님을 모독한 손자를 그냥 둘 수는 없었다. 외삼촌이 현이와 철이 체포 임무를 맡게 되었다.
"근데, 나 어떡하지?"
철이가 걱정스러운 듯이 물었다.
"뭘?"
"어떻게 도망가냔 말이야."
"도망가려고? 비겁하다."
"미안하지만 그래야겠어."

철이는 현이 방을 나와, 살금살금 층계를 내려갔다. 거의 다 내려갔을 때, 외삼촌이 안방에서 씨근벌떡거리며 나왔다. 물론 현이와 철이를 잡기 위해서다.

철이는 코끼리 외삼촌이 쿵쿵거리며 다가오자 겁에 질려 한 발짝도 움직이지 못했다.

"철이 이놈! 너 도망가려고 그러지?"

벼락 같은 외삼촌의 호령에 철이는 주춤주춤 층계를 뒷걸음질쳐 올라갔다.

"아, 아니에요. 아저씨."

그리고 몸을 홱 돌려 도로 이층으로 뛰어올라가려는 순간, 발을 헛디뎌 그만 층계 아래로 굴러 떨어졌다.

"앗! 철아!"

외삼촌이 달려와 철이를 안아 일으켰다.

"너 괜찮니?"

"괜…… 괜찮아요."

"다친 덴 없어?"

"악! 만지지 말아요!"

외삼촌이 철이의 몸 여기저기를 살펴보던 중 왼쪽 발목을 건드리자, 철이가 비명을 내질렀다.

"발목을 삔 모양이구나."

이 소란에 이층에 있던 현이도, 안방에 있던 식구들도 모두 뛰쳐나와 철이를 둘러싸고 걱정의 말을 한 마디씩 했다.

하나님을 대신해서

"괜찮습니다. 다행히 발목만 삐었을 뿐이니까 염려들 마십시오."

"나, 집에 갈래요."

"치료 받고 가."

"아니에요. 지금 당장 갈래요."

철이는 자기 발목 다친 것보다 현이네 식구에게 야단 맞을 일이 두려워 집에 가겠다고 떼를 썼다. 그러나 현이네 식구는 이미 아까 일은 다 잊어버린 채 철이의 사고만을 걱정하고 있었다.

외삼촌이 철이를 번쩍 안고 철이네 집으로 갔다. 현이가 그 뒤를 따랐다.

철이네 집에는 춘자 누나밖에 없었다.

외삼촌이 철이를 안고 들어가자, 춘자 누나는 기절을 할 듯이 놀랐다.

"걱정 마십시오. 다리를 약간 삐었을 뿐이니까요."

외삼촌은 환자보다도 춘자 누나를 안심시키기에 여념이 없었다.

모자 마술 소동

철이의 추락 사고 후로 외삼촌은 철이 발목 마사지를 한다면서 철이네 집을 뻔질나게 드나들었다.

외삼촌은 고등학교 때 유도 선수였으므로 웬만한 접골 치료 등은 할 수 있었다.

철이가 현이에게 해준 말로는, 춘자 누나가 피아노 연습을 마치고 화장대 앞에 앉아서 얼굴 화장을 고치고 콧노래를 부를 무렵이면, 외삼촌이 나타난다는 것이다. 그리고 코끼리 외삼촌이 걸맞지 않게 '춘자 씨의 피아노 소리를 들으면 천당에 있는 것 같다.'고 낯간지러운 아부도 했다고 한다.

"실례합니다. 많이들 기다리셨지요?"

"늦어서 죄송합니다."

외삼촌과 닥터 신 아저씨가 외삼촌 방에서 한참을 꾸무럭거리더니 식당에 나타났다.

"신군은 아예 우리 집에서 살 텐가? 어째 꼭 저녁을 같이 먹네."

"아이구, 할머님도. 제가 이 집 쌀을 축내는 게 아까우신가 보죠?"

"그게 아니고, 남 보기에 이상할까봐 그러지. 아직 결혼도 안했는데 뻔질나게 제집처럼 드나드니."

"앞으론 조심하겠습니다."

"말로만 조심하겠습니다지."

"헤헤헤!"

닥터 신 아저씨가 또 헤헤거리고 웃자, 외삼촌이 흘끗 흘겨본 뒤에 모두를 둘러보고 물었다.

"뭐 특별히 보이시는 게 없습니까?"

"뵈는게 왜 없어? 다 보이지."

어머니가 퉁명스럽게 대꾸했다.

"그런 평범한 거말고, 새롭고 전에 안 보이던 거……."

"옳지, 자네 그 털모자 말이군."

할머니 말에,

"예, 바로 이겁니다."

외삼촌이 목에 힘을 주고 말했다.

그리고 보니 외삼촌뿐만 아니라 닥터 신 아저씨도 이상한 모자를 쓰고 있었다.

"얘, 그 모자 식사할 땐 좀 벗어 놔라. 넌 에티켓도 모르냐? 자네도."

어머니가 외삼촌과 닥터 신 아저씨를 싸잡아서 나무라자, 숙이 누나가 얼른 변호를 하고 나섰다.

"저 모자는요, 보통 모자하고는 다른 거예요."

"그래, 다르긴 다르구나. 아주 보기 흉하다."

"아이 그런 게 아니고요, 베레라고요, 베레. 베레는요, 여자들 모자처럼 어디서나 쓰고 있어도 괜찮은 거예요."

"베렌지 걸렌지 모르겠다만 어머님도 계시는데 척 하니 모자를 쓰고 밥상 앞에 앉다니, 그게 무슨 버릇이야?"

"누님, 그건 모르시는 말씀입니다."

"모르긴 뭘 몰라. 다 안다. 불란서 사람들이 멋으로 쓰고 다니는 모자 아니냐? 하지만 여긴 한국이야."

"그러니까 모르시는 말씀이라고요. 베레는 모양이나 겉치레로 쓰는 모자가 아니라 실용품입니다. 대머리의 방한용이라든가, 불결한 머리를 덮어 두거나 결함을 가려 주는 역할을 하는 거니까요. 최근에는 스님들도 애용하는 걸 볼 수 있잖습니까?"

"그래서? 네가 대머리냐? 아니면 머리가 더러우면 깨끗이 감으면 되지, 구질구질하게 모자로 감싸는 건 또 뭐냐?"

닥터 신 아저씨는 어머니의 꾸중이 자기에게도 떨어질까 봐 너스레를 떨기 시작했다.

"하지만 제가 쓰고 있는 것은 베레가 아니라 바스크입니다. 바스크."

"바, 바스크?"

"네. 바스크는 프랑스 서부 국경 지대에 살던 바스크 족이 자기네의 뾰족하고 긴 머리통을 감추기 위해 쓰고 다니던 모자지요."

"그런데 자네가 왜 썼나?"

"아닙니다. 그러던 것을 스페인과 프랑스 농부들이 작업모 대신으로 많이 썼고, 지금은 세계의 예술가나 지식인들이 사랑하는 모자가 되었지요. 모름지기 지식인이라면……."

"그래서 자네, 지식인이 아니랄까봐서 그걸 쓰고 나타난 건가? 알았네. 지식인인 줄 알아줄 테니 그만 벗게."

어머니의 강력한 반대에 부딪혀, 결국 외삼촌과 닥터 신 아저씨는 베레와 바스크를 벗을 수밖에 없었다.

식탁에서의 화제는 할머니의 생신 선물을 무엇으로 할 것인가로 흘렀다. 바로 내일이 할머니의 생신이다.

"할머닌 뭘 가지고 싶으세요?"

"나야 뭐, 늙은 게 필요한 게 있겠냐."

"아이, 그러지 마시고 말씀해 보세요."

"따로 준비할 필요 없다니까."

할머니는 정말 아무것도 필요 없다고 하다가, 갑자기 무슨 생각에서인지 외삼촌의 모자를 가리키며 말했다.

"정 그렇다면 저 베렌가 뭔가 하는 털모자나 주렴."

"네에?"

할머니가 장난으로 그러는 건지, 아니면 진짜로 그 모자가 탐이 나서 그러는 건지 집안식구들은 감을 잡지 못해 서로 얼굴만 쳐다볼 뿐이었다. 그러나 외삼촌만은 정색을 하고 거절했다.

"할머님, 이건 안 됩니다. 이건 제게 좀 특별한 거라서요."
할머니는 금방 서운한 표정을 지었다.
"그 대신 제가 최근에 대유행인 앙고라 모자를 사드리겠습니다."

그래도 할머니는 외삼촌의 베레에서 눈길을 떼지 못했다. 그러는 할머니의 태도를 아무도 이해하지 못했다.
"그렇게 하시지요. 제가 아는 사람 중에 밍크 사육을 대규모로 하는 사람이 있는데, 그 친구를 통해 사면 밍크 모자를 싸게 구입할 수 있지요. 제가 선물해 드리겠습니다."

그날 저녁, 현이는 철이에게 통신망을 이용하여 편지를 보냈다.

　나의 영웅 동지 철이군에게
　본인은 귀하를 우리 집으로 정식 초대하는 명예와 영광을 주고자 한다. 내일은 우리 할머니의 즐거운 생신 날. 본인은 그 축하 파티에 귀하가 참석할 것을 희망한다. 귀하가 이 초대에 응한다면, 곧 응답하기 바란다. 뿌다귀 영웅 만세!
　　　　　　　　　　　　　　　　　　　현

현이의 편지를 받자마자 철이가 답장을 써 보내 왔다.

친애하는 영웅 동반자 현이군
본인은 귀하의 호의에 진심으로 감격하는 동시에 할머니의 생신을 진짜진짜 축하드린다. 초대에는 기쁜 마음으로 응하겠지만, 선물로 무엇을 준비하면 좋을지 즉시 연락 바람.
철

우리 분수에 맞도록 선물은 그만두고, 그 대신 내가 공개할 마술 발표에 협찬하는 뜻으로 생계란 서너 개, 아이스크림 한 통, 물엿 한 통을 갖고 와 준다면 더 바랄 것이 없겠다.
현

현이와 철이가 방울 소리를 울리며 분주히 서신 교환을 하고 있는데, 외삼촌이 들어왔다.
"어? 외삼촌, 웬일이세요?"
"음, 그, 저……, 네 통신 시설을 좀 이용할까 해서."
"철이한테 하실 말씀이 있으세요?"
"아니, 철이가 아니라……."
"아, 철이 누나요?"

"그, 그래."
"좋아요, 외삼촌이니까 특별히 봐드리는 거예요."
"고맙다."

외삼촌은 정성스럽게 접어 가지고 온 편지지 한 장을 내밀었다. 현이는 철이에게 '이 편지는 춘자 누나에게 전해 줄 것'하고 쓴 다음, 통 속에 외삼촌의 사연을 담아 보냈다.

외삼촌은 편지를 담은 통이 철이네 방으로 가는 동안, 행여 줄이 끊어지지나 않을까 조마조마한 마음으로 지켜보았다. 조금 뒤, 춘자 누나는 철이가 건네준 편지를 설레는 마음으로 읽고 있었다.

……춘자 씨가 정성 들여 한 코 한 코 짜 주신 이 털모자, 정말로 따뜻하고 푹신합니다. 자나깨나 항상 쓰고 있으면서 춘자 씨의 고운 마음씨와 각별한 우정을 생각하겠습니다. 오래오래 길이길이 기념하겠습니다. 그리고 실은 내일도 뵈러 갈 예정이었으나, 이 댁 어른의 생신인지라 부득이 하루만 빠지겠습니다. 춘자 씨를 생일 파티에 초대하고 싶으나 뜻대로 못하는 저의 마음을 너그러이 헤아려 주십시오. 그럼 안녕히.

박창호 드림

외삼촌의 편지를 받은 춘자 누나는 다음 날, 철이 편에 케이크를 하나 들려 보내 다시 한 번 외삼촌을 감격하게 했다.

생일 축하합니다.
생일 축하합니다.
사랑하는 할머니.
생일 축하합니다.
짝짝짝!
모두 박수를 치며 할머니가 케이크 자르는 걸 도왔다.
철이가 문득 생각 난 듯 물었다.
"할머니, 무슨 띠세요?"
"나? 소띠다. 왜 그러느냐?"
"제가 선물을 대신해서 옛날 이야기를 하나 해드릴까요?"
"그러려무나."
"옛날 중국에 욕심 많은 벼슬아치가 한 사람 살고 있었대요. 그런데 마침 그 벼슬아치의 생일이 돌아와서, 부하들이 돈을 모아 축하 선물로 황금 쥐 한 마리를 만들어 바쳤대요. 그 벼슬아치의 띠가 쥐띠였거든요. 그랬더니 그 벼슬아치가 부하들에게 뭐라고 했는 줄 아세요?"
"글쎄, 뭐라고 했을까? 욕심 많은 벼슬아치니 고마워서 어쩔줄 몰랐겠지."
"아니에요. 들어보세요. '에헴, 여러분 고맙소이다. 앞으로 며칠만 있으면 내 아내의 생일이오. 그날 나는 다시 여러분을 초대하겠소. 그런데 미리 말해 두지만, 내 아내는 소띠요.' 결국 그 벼슬아치는 금송아지를 한 마리 받고 싶다는 말을 이렇게 한 거지요."

"원 저런 욕심쟁이가 있나! 자고로 성경 말씀에, 부자가 천당에 들어가긴 낙타가 바늘 구멍에 들어가기보다 더 어렵다고 하셨어. 그러니 아범도 그렇고 어멈도 그렇고 니들도 모두 쓸데없는 욕심을 버리는 게 좋아. 알겠냐?"

"네, 어머님. 명심하겠습니다."

"네, 할머니."

"할머니, 그럼 이번엔 제가 생일 선물을 대신해서, 천하에 없는 신기하고도 귀신이 곡할 마술 몇 가지를 보여드리겠습니다."

현이의 말에 할머니를 비롯한 식구들 모두, 언제 또 마술을 익혔냐며 한번 해보라고 했다.

"자, 여러분. 날이면 날마다 오는 게 아니에요. 달이면 달마다 늘 있는 게 아닙니다. 먼저 손님들에게 모자 몇 개를 빌리겠습니다. 먼저 그쪽 손님부터 모자 좀······."

외삼촌한테 모자를 달라고 하자, 외삼촌은 기겁을 하며 등 뒤로 숨겼다.

"손님, 잠깐 빌리는 건데 뭐 어떻습니까?"

외삼촌은 전혀 내키지 않았지만 할 수 없이 모자를 현이 손에 넘겨 주었다.

모자 마술 소동 113

"고맙습니다. 자, 그러면 저 손님께서도 모자를 이리 주십시오."

"에잉? 내 것 말이냐?"

할머니는 오늘 선물로 받은 털모자를 못내 아쉬워하며 내주었다.

"고맙습니다. 잠깐만 쓰고 돌려드리는 거니까, 조금도 걱정하지 마십시오."

현이는 닥터 신 아저씨의 모자까지도 빼앗은 다음, 드디어 마술을 시작했다.

"아주 잠시만 사용합니다. 마술에만 사용하는 거니까 안심하고 맡겨 주세요. 자, 그럼 만장하신 여러분께서는 케이크를 드시고 차를 마셔 가면서 본인의 묘기를 천천히 감상하시기 바랍니다. 먼저 이 밍크 털모자에 계란을 집어넣습니다."

"아이고, 저 계란이 깨지면 모자 꼴이 뭐가 되라고?"

할머니가 질겁을 했다.

"염려 놓으십시오. 외삼촌의 모자에는 아이스크림을, 매형의 모자에는 물엿을 넣습니다. 자, 이렇게."

외삼촌과 닥터 신 아저씨가 동시에 벌떡 일어나 모자를 낚아채려 했지만, 이미 현이가 일을 저지른 뒤였다.

"아이구, 내 모자."

"아, 아. 왜 이러십니까? 문화인답게 질서 있게 앉아 관람해 주십시오. 여러분, 좋습니까?"

"좋긴 뭐가 좋아?"

관람객들은 벌써 아까부터 일이 잘못되어 가고 있다는 걸 느끼고 있었다.

"이걸 이렇게 조몰락조몰락……. 왜 이렇게 하는가 하면, 속에 아무것도 없다는 증거를 보여드리기 위해서 입니다. 자, 이제 주문을 왼 다음, 하나 둘 셋 하고 기합을 넣으면 모자에서 각각 병아리가 삐악삐악, 비둘기가 구구구구, 토끼가 깡충깡충 뛰어나옵니다. 자, 잘들 보십시오. 먼저 정신통일을 하고……."

현이는 입속말로 뭐라고 주문을 외더니,

"하나, 둘, 셋, 얍!"

했다.

"나오긴 뭐가 나와? 개미 새끼 한 마리도 기어나오지 않는다."

"어? 정말 이상하다. 마술책에는 분명히 나오는 걸로 되어 있던데."

현이는 다시 한 번 주문을 외고 기합을 넣었으나, 나오는 건 계란과 아이스크림과 물엿뿐이었다. 그래서 마지막으로 다시 한 번 시도해 보았으나 역시 마찬가지였다.

할머니는 계란이 깨지지 않은 것만을 고마워하며 얼른 모자를 빼앗아 들었다. 외삼촌과 닥터 신 아저씨는 얼굴이 백

지장처럼 창백해졌다. 그리고 너무 기가 막혀 현이를 야단칠 생각조차 못하고, 우그러들고 찐득찐득해진 모자를 손에 들고 멍청히 서 있을 뿐이었다.

현이는,

"정말 이상하다. 분명히 마술책에 적힌 대로 했는데? 이렇게 되면 이건 내 책임이 아니라 모자들이 이상한 거야."

하고 변명을 했지만, 마음속으론 혀를 낼름 내밀며 고소해 하고 있었다. 애초부터 마술이 목적이 아니라, 외삼촌과 닥터 신 아저씨를 곯려 주는 게 목적이었으니까.

나, 장가 갈래요

 아침부터 톱질, 못질 소리가 집 안 공기를 뒤흔들어 놓고 있었다. 외삼촌이 끙끙거리며 목공 일을 하고 있는 것이다. 아침부터 하도 시끄럽게 부산을 떨길래 어머니가 나와서 뭘 그렇게 열심히 만드는 거냐고 물어도,
 "하도 주위에서들 신경 써 주지 않으니까 내가 알아서 장가를 가려고 준비하는 거 올시다."
 하고 엉뚱한 답변을 했다.
 "원 세상에. 나중엔 별 못하는 소리가 없구나. 마땅한 신부감이 나타나지 않아서 그런 거지, 너더러 언제 결혼식 비용 벌어 오라고 했길래 이 법석이야. 방학 동안에 무슨 부업이라도 할 셈이냐?"
 "하하하! 보는 눈도 참 여러 가지군요. 누님도 참, 이런 게 무슨 부업하는 데 도움이 됩니까?"
 "리어카에 얹어 놓고 끌고 다니면서 포장마차 장사라도 하려고 그러는 거 아냐, 시금?"
 "천만의 말씀, 오해 마십시오. 명색이 학교 선생이고 유능

한 유도 사범인 제가 포장마차 장사를 한다고요? 직업엔 귀천이 없지만, 그래도 전 남의 이목이 두려워 그런 부업은 못합니다. 길거리에 그런 걸 차려 놓고 장사하는 모습을 학생들이라도 봐 보세요. 선생의 위신을 떨어뜨렸다느니 뭐니 해서 당장 해곱니다, 해고."

"글쎄, 듣고 보니 포장마차 장사를 하려는 건 아닌 것 같구나. 그럼 도대체 이게 뭐냐?"

"하하하, 비밀입니다. 비밀."

"뭐, 비밀? 원 애도 참, 가르쳐 주기 싫으면 관두렴. 궁금하지도 않다."

어머니가 뾰로통해져서 안으로 들어가 버리자, 명이와 옥이가 마당으로 나와 자기들 나름대로 궁리들을 한다.

"애, 꼭 쓰레기통 같지?"

"아냐, 언니. 쓰레기통을 나무로 만드는 게 어딨어. 연탄재 갖다 버리면 당장 불나겠다."

"하긴 그 말이 맞다. 또 아까 엄마가 뭐냐고 물어 보니까, 결혼 준비하는 거라고 그랬대. 결혼 준비에 쓰레기통부터 준비하진 않을 거고……, 혹시 함 아닐까?"

"함? 그게 뭔데?"

"결혼식 올리기 전에 신랑이 신부에게 옷감이다 뭐다 해서 넣어 보내는 통 말이야."

"그게 저렇게 커?"

"모르지. 외삼촌이 코끼리니 신부도 코끼리일 테고, 그럼 함도 저만 해야 하잖겠니?"

명이와 옥이도 결국 외삼촌이 무얼 만드는 건지 알아내지 못했다.

조금 뒤 아버지가 나와 보고는, 춘향이가 옥에 갇힐 때 목에 쓰고 있던 칼 같다고 한 마디 하고, 할머니는 시신을 모시는 관 같다고 했다.

현이는 그게 메리의 집일지도 모른다고 생각했으나, 주먹만 한 치와와가 살 집으론 아무래도 너무 크다. 그래서 혹시 기계 체조를 할 때 뛰어넘는 뜀틀이 아닐까도 추측해 보았으나, 결국 모르겠어서 알아내기를 단념했다.

"어? 못이 다 떨어졌네."

외삼촌은 연장통을 한 번 더 뒤져 보더니 멀뚱멀뚱 서 있는 현이에게,

"얘, 현아. 너 가서 못 좀 사 와라."

하고 심부름을 시켰다.

"못 사 오면 그게 뭔지 가르쳐 주시는 거죠?"

"이 녀석 보게. 그래, 좋다. 후딱 가서 사 오면 가르쳐 주지."

현이는 두 번 세 번 단단히 다짐을 받고 나서야 대문 밖으로 나섰다.

"현아, 어디 가니?"

골목을 꺾어 도는데 철이가 반가운 목소리로 현이를 불렀다.

"철물 가게에 못 사러. 너도 같이 가자."

"못은 뭘 하려고?"

"그럴 사정이 있어. 우리 외삼촌이 오늘은 웬일로 꼭두새벽부터 일어나서 합판을 자르고 못질을 하고 야단이야."

"뭘 만드시는데?"

"아직은 몰라. 못 사 오면 알려 준댔어."

"그래서 심부름 가는 거구나?"

"응. 무슨 커다란 상자긴 상잔데, 도무지 뭔지 모르겠단 말이야……. 외삼촌 말로는 결혼할 준비를 하는 거라는데……."

"상자? 결혼? 응, 알았다. 알았어."

"뭘 알았다는 거야?"

"나는 그게 뭔지 안다고."

"니가 어떻게?"

현이가 두 눈이 휘둥그레져서 묻자, 철이는 몇 번 킥킥 웃더니 입을 열었다.

"그럴 일이 좀 있었어. 어제 니네 외삼촌이 내 발목 마사지를 해주고 나서, 우리 누나랑 둘이 차를 마시며 하는 얘기를 내가 우연히 엿들었거든."

"그런데?"

현이의 재촉에 철이는 외삼촌과 춘자 누나와의 대화 내용을 얘기하기 시작했다.

"저는요, 요즘 겨울이라서 그런지 운동도 안하고 자꾸 먹기만 해서 큰일이에요."
"많이 드시는 게 좋지 뭘 그러십니까."
"자꾸 살이 찌니까 그렇죠."
"춘자 씨는 아직 살이 더 찌셔야 합니다. 너무 연약해 보여서요."
"후훗, 제가요?"
"저야말로 고민입니다. 아니, 이젠 아주 고민조차도 되지 않습니다. 아예 단념해 버리고 나니까 오히려 마음이 편합니다."
"남자 분이야 적당히 살이 오른 게 보기 좋지만서도요, 여자는 그래도 좀 말랐다 싶은 게 좋아요. 아무튼 오늘부터 다이어트를 하든가 요가를 하든가, 하다못해 등산을 다니기라도 해야겠어요."
"다이어트도 좋고 등산도 좋지만, 한꺼번에 무리하게 살을 빼는 건 건강상 아주 좋지 않습니다. 몸에 무리가 가지 않는 범위 내에서 체중을 줄이기가 쉬운 일은 아닌데……. 가만 있어 봐라……, 뭐 좋은 수가 없을까?"

외삼촌은 한참을 궁리하더니, 증기 목욕을 매일 하는 게 어떻겠냐고 제의했다.

"그것도 좋지만, 그러려면 한증탕엘 가든지 해야 할 텐데, 그럴 만한 돈이 어딨어요?"

"걱정 마십시오. 제가 증기 목욕통을 하나 만들어 드리겠습니다. 저번에 짜 주신 모자에 대한 답례 겸."

"어머, 창호 씨가 그런 기술도 가지고 계세요?"

"변변치 않은 재주입니다만, 기다려 보십시오. 너무 기대는 하지 마시고요."

철이의 설명에 의하면, 외삼촌이 지금 저렇게 끙끙거리며 만들고 있는 것은 춘자 누나가 증기 목욕을 할 수 있도록 하기 위한 설비라는 것이다.

"그러고 보니 우리 외삼촌이 만들고 있는 그 잠수함 같은 통이 바로 증기를 뿜어 넣어 목욕을 하는 상자였구나."

현이가 못을 사 가지고 돌아오니, 외삼촌은 유난히도 친절한 태도로 수고했다고 싱글벙글이다. 그것은 현이 옆에 철이가 서 있었기 때문이다.

"누나, 잘 있지? 춘자 씨 말이다."

"잘 있겠죠 뭐. 사고 났다는 말은 못 들었으니까요."

철이의 심드렁한 대답에 외삼촌은 나무라듯 말했다.

"형제간에 그렇게 무심하면 쓰나. 난 남이지만 이렇게 열심히……."

"증기 목욕통을 만들어 주는데, 그 말이죠?"

철이가 말꼬리를 잡아 앞질러 말하자,
"아니, 너 그걸 어떻게 알았냐? 누나가 말해 주던?"
외삼촌은 놀란 표정을 지었다.
"아뇨, 그냥 알았어요."
"외삼촌! 외삼촌은 다리를 다쳐서 잘 걷지도 못하는 조카를 위해선 휠체어 하나, 아니 휠체어는커녕 목발 하나 만들어 주지 않더니, 춘자 누나는 목욕통까지 만들어 줘요?"
현이가 따지고 들자,
"그, 그건 뭐……."
외삼촌은 난처한 표정으로 얼버무렸다.
"야, 이건 순전히 불우 이웃 돕기를 하고 있는 거야."
"불우 이웃 돕기요?"
"그, 그래. 불우한 이웃의 고민을 해결해 주기 위한 갸륵한 봉사지."
"아이구 외삼촌. 외삼촌의 불우 이웃은 바로 나예요, 나. 아직 발목이 완전히 낫지도 않았는데, 그런 불우한 조카에겐 못 심부름이나 시키고, 건강이 너무 지나쳐서 살을 빼려는 부유한 동네 아가씨를 위해선 증기통을 만들어 주다니, 정말 해도 해도 너무한다고요."
"그래, 미안하다. 앞으로 발목 한 번 더 다치면 내가 근사한 휠체어를 만들어 주지. 그럼 됐냐?"
"뭐라고요?"

"하하하!"

외삼촌은 한참을 더 증기통과 씨름하더니 드디어 다 만들었는지, 현이와 철이에게 증기 목욕통의 설계와 성능에 대해 설명해 주었다.

"우선 사람이 이 안에 들어가서 목만 내놓고 뚜껑을 덮는 거야. 그리고 전기 코드를 연결하면 차츰 열이 가해지면서 데워진 수증기가 몸을 감싸게 되지. 이를테면 전기 밥솥이나 보온 밥통의 원리를 이용한 거지."

"전기 오븐."

철이가 아는 척하고 외치자,

"오븐하고는 또 달라. 그건 구워 내는 거니까. 내가 발명한 이 증기 목욕통은 말하자면 찜통이야."

하고 설명했다.

"그 찜통이 고장나서 수분 공급이 안 되는 날엔 영양구이가 되겠네요."

철이의 악담에,

"그래, 아주 웃기는 꼴이 되어 버리겠어."

현이가 맞장구를 쳤다.

"왜 니네들은 그렇게 불행한 사태만을 상상하는 거지? 적어도 현대를 사는 문화인이면 기계 문명의 안전성을 인정할 줄 알아야 한다."

외삼촌은 몹시 기분이 나쁜 모양이었다.

"누가 기계 문명의 안전성을 인정 안 한대요? 그 기계가 외삼촌의 손으로 만들어졌으니까 걱정하는 거지."
"내 실력을 무시하지 마."
외삼촌은 목욕통에 전기 가설을 하더니,
"너희들 중에 누구 한 명 들어가 봐라. 시험 가동을 해야겠다."
하고 현이와 철이에게 친절하게 권했다. 그러나 현이와 철이는 정중하게 거절했다. 하는 수 없이 외삼촌이 직접 들어가게 되었다.

목만 쑥 내밀고 앉아 있는 외삼촌에게 무슨 사고라도 날까 걱정했지만, 외삼촌은 호흡에도 아무 지장이 없고 기분도 좋다며 매우 만족해 했다.

자, 이렇게 해서 춘자 누나는 쾌적한 증기욕을 즐길 수 있게 될 모양이다.

이상한 좀도둑들

"여보, 이상한 일이 있어요."
어머니가 고개를 갸웃거리며 안방에 들어왔다.
"뭐가?"
아버지는 신문에서 눈을 떼지 않고 건성으로 대꾸했다.
"연탄 쌓아 둔 게 때지두 않았는데 한 개씩 두 개씩 자꾸 없어진단 말이에요."
"그럴 리가 있나. 당신이 잘못 센 거겠지."
"아니에요. 하두 이상해서 표를 해두었거든요. 그것마저도 없어졌어요."
그제야 아버지는 읽던 신문을 제쳐 두고 어머니를 쳐다보았다.
"딴은 이상하구려. 설마 쥐가 날마다 먹어 치우는 건 아닐 테고……."
"당신 지금 농담할 때예요? 한꺼번에 없어지는 것도 아니고 조금씩 조금씩……. 아무래도 좀도둑 짓인 것 같아요."
"좀도둑이 겨우 연탄 한두 장 훔치러 남의 집 지하실에까지 들어오려고?"

"그러니까 좀도둑이죠. 아무튼 좀도둑이건 큰 도둑이건 도둑은 도둑이에요. 무서워서 연탄을 갈러 지하실에 못 내려가겠어요."

"그럼 처남한테 부탁해서 하룻밤 지키다가 잡으라고 하지 그래."

"그 잠꾸러기에게요? 그러지말고 당신이 좀 붙들어 주세요."

"글쎄, 난 완력에는 자신이 없어서……."

아버지가 말꼬리를 흐리며 자꾸 피하려 하자, 어머니가 앙칼지게 쏘아붙였다.

"남자가 그래, 그까짓 좀도둑 하나 못 잡고 벌벌 떠세요?"

"좀도둑 하나 갖고 내가 벌벌 떨 것 같소?"

"그럼요?"

"당신 말을 가만히 들어 보니, 혼자가 아닌 것 같아."

"네에?"

어머니가 질겁을 하며 아버지 곁으로 바싹 다가앉았다.

"같이 하는 패거리가 있는 게 분명해. 적어도 하나쯤은."

"아이, 여보. 그러니까 더욱 잡아야 하잖아요. 도무지 무섭고 소름이 끼쳐서 견딜 수가 없어요."

"알았어, 알았다고. 내가 몽둥이를 들고 지하실에 숨어 있다가 좀도둑을 잡겠소."

현이 아버지, 어머니가 좀도둑 이야기를 하고 있을 즈음, 철이네 집에서도 비슷한 얘기가 오가는 진행중이었다.

"얘, 춘자야!"

"네, 아버지."

춘자 누나는 아버지가 부르는 소리에 안방으로 건너갔다.

"부르셨어요?"

"너 거기 좀 앉거라."

"네."

"넌 책 읽느라고 늦게까지 잠을 안 자니까 혹시 알 듯해서 묻는 말인데, 한밤중에 아래층 가게에서 무슨 인기척 같은 거 듣지 못했니?"

철이네는 길가로 가게가 나 있는 2층 집이다. 아래층은 간이 슈퍼마켓 규모의 잡화상이고 위층은 살림집이었다. 어머니가 돌아가신 지 오래이므로, 지금은 춘자 누나가 집안 살림을 꾸려 나가고 있었다.

"못 들었는데요. 무슨 이상한 일이라도 있나요?"

"요사이 심상치 않은 일이 일어나서 말이다. 매장의 라면이나 빵 같은 게 살짝살짝 없어지는구나. 누구 짓인지 모르겠어."

"다른 물건은 무사하고요?"

"그래. 도눅놈 짓이라면 값나가는 물건이 얼마든지 있는데 하필 값싼 라면이나 빵 따위가 사라질 까닭이 없잖느냐.

이상한 좀도둑들 129

또 손님 중에 누가 장난삼아 훔쳐 가는 것이라면 폐점할 때까진 멀쩡하던 것이 밤 사이에 없어질 리도 만무하고……."
"정말 이상하네요. 혹시 쥐가 물어 가는 게 아닐까요?"
"그 쬐끄만 쥐가 무슨 힘이 있어 물어가겠냐. 먹고 싶으면 그 자리에서 갉아먹겠지."
"그럼 도둑 고양이 짓일 거예요."
"나도 그 점을 생각해 봤다만, 무슨 고양이가 라면하고 빵만 좋아한다든?"
"하긴 그것도 그렇네요."
"그래서 오늘부턴 식품 코너에 쥐덫을 장치해 둘까 한다."
"쥐의 짓이 아니라면서요?"
"쥐가 아니라 사람의 짓이라 해도 손이나 발쯤은 다치게 될 게 아니냐. 하니까 너두 유심히 귀를 기울여 아래층을 살피도록 해라."
"네, 알았어요."
다음날 새벽. 뎅 뎅 뎅 뎅 뎅!
괘종 시계가 5시를 알리고, 이어서 현이 방의 자명종 시계가 요란한 소리를 내며 울렸다. 아무리 착한 일을 한다지만, 벌써 며칠째 새벽 5시에 잠을 깨는 건 좀 무리인 것 같다고 생각하면서 현이는 자리에서 일어났다.
"철이네 방에서도 지금쯤 시계가 시끄럽게 울어대겠지."
현이는 혼잣소리를 하며 아래층으로 살금살금 내려갔다.

철이 생각을 하니, 그래도 좀 위안이 되었다.

새벽 공기가 무척 차다. 목도리에 모자에 털잠바로 완전 무장을 했지만, 현관을 나서니 찬 공기에 몸이 오싹했다.

"불이 꺼졌으면 큰일인데······."

현이는 지하실 문을 열고 불을 켠 다음, 조심조심 아래로 내려갔다. 매번 하는 일이건만 깜깜한 새벽에 지하실을 혼자 내려가기란 여간 무서운 일이 아니다. 꼭 귀신이라도 숨어 있다가 튀어나올 것만 같아 가슴이 두근두근 방망이질을 해댔다.

연탄을 쌓아 둔 곳으로 걸어가던 현이는 연탄 더미 옆에서 무슨 기척을 느끼고 한순간 흠칫 멈춰 섰다. 그러나 잠시 그자리에 서서 지켜 보았으나 아무런 기척도 없었다.

"내가 완전히 신경 과민이로군."

현이는 연탄 집게 두 개에 연탄을 하나씩 집어 각각 양손에 나눠 들었다.

"오늘은 좀 늦은 것 같아. 제발 불이 꺼지지 않았으면······."

현이가 막 돌아서서 지하실 문을 향해 몇 발짝 옮겼을 때였다.

"네 이노옴! 게 섰지 못해!"

벼락 같은 목소리가 현이의 뒷덜미로 날아왔다.

"으악!"

현이는 너무 깜짝 놀라 심장이 멎어 버리는 줄 알았다. 현이의 손에서 떨어진 연탄 두 장은 지하실 바닥에서 깨져 버렸다.
"너, 이게 도대체 무슨 짓이냐?"
현이가 몸을 돌려 보니, 아버지와 외삼촌이 떡 버티고 서 있었다.
좀도둑은 바로 현이였던 것이다.
거기에는 그럴 만한 사정이 있었다.
얼마 전부터 현이와 철이는 동네 노인정을 돕고 있었다. 동네 노인정은 돌봐주는 사람이 없어서 겨울만 되면 썰렁하다 못해 청승맞기까지 했다.
우연히 노인정에 들르게 된 현이와 철이는 불기 하나 없는 방에 갈 곳 없는 노인들이 웅크리고 앉아 이야기를 나누는 것을 보고, 자기네들만이라도 힘닿는 데까지 노인정을 돕기로 했던 것이다.
처음엔 저금통을 깨서 연탄을 사고 노인들의 군것질거리를 샀다. 그러나 뿌다귀 영웅들의 저금통에 든 돈이라야 뻔했다. 그러자 하는 수 없이, 현이는 매일 연탄 두 장씩을 집에서 몰래 가져다 피워 주고, 철이는 자기네 가게에서 라면이나 빵, 과자 등을 훔쳐다 노인정에 놓기로 했다.
그런데 현이와 철이의 노인정 돕기 새벽 활동이 좀도둑으로 몰려 바야흐로 불똥이 떨어질 판이다.
현이가 아버지와 외삼촌에게 덜미를 잡혀 집 안으로 들어

가고 있을 때, 철이 역시 현장에서 플래시를 든 아버지에게 붙잡혀 이층으로 올라가고 있었다.

두 뿌다귀 영웅은 그동안의 행적을 다 털어놓고 처분만 기다렸다.

"춘자야, 넌 어떻게 생각하니? 철이가 한 일을."

철이 아버지는 철이에게 방에 들어가 근신하고 있으라고 명령해 놓고, 춘자 누나를 불러 의견을 물었다.

"전 이해할 수 있어요, 아버지."

"이해할 수 있다고?"

"그렇잖고요. 어른 몰래 전자 오락실에나 몰려 다니는 애들도 많은데, 우리 철이의 경우는 마음이 갸륵하잖아요. 어렵고 외로운 노인정의 노인들을 돕겠다는 그 정신……."

"난 좀 다르게 본다. 아무리 목적이 좋아도 방법이 나쁘면 남에게 권할 수는 없는 일이다. 남에게 떳떳이 장려하지 못할 짓을 하는 건 죄악이라고. 아니, 죄악까지는 아니더라도 큰 실수가 되는 거지. 좋은 목적을 위해서라면 수단과 방법을 가리지 않아도 무방하다는 생각은 매우 위험한 사고 방식이야. 이번에 철이가 저지른 짓도 그와 마찬가지다. 아무리 의적 어쩌고 해도 의적도 도적이야. 남의 것을 몰래 훔쳐 가는……."

"아니에요, 아버지. 철이는 노둑실을 한 게 아니에요."

"도둑질을 한 게 아니면?"

이상한 좀도둑들 133

"도둑질이란 남의 물건을 훔쳐서 자기 것으로 만드는 거 아니겠어요? 철이는 달라요. 자기 물건을 집어다가 남한테 주는 건, 그건 불우 이웃 돕기예요."

"집 안 물건이면 그냥 막 집어가도 괜찮은 거냐? 그리고 그렇다면 왜 애당초 그런 일에 쓴다고 말하고 떳떳이 달라고 하지 못했지? 그렇게 말하면 안 줄 내가 아니야. 나 그렇게 쩨쩨한 사람 아니다. 내가 섭섭한 건 단 하나밖에 없는 아들이 부자간에 무슨 어려움이 그리 많다고 도둑 고양이 마냥 살금살금……. 역시 아이들은 부모가 다 있는 가정에서 자라야 하나 보다. 철이도 제 에미가 살아 있었다면 저러지는 않았을 게야."

"그렇지 않아요, 아버지."

"뭐가 그렇지 않다는 게냐? 네 책임도 크다. 내가 네게 몇 번이나 일렀느냐. 네가 철이에겐 엄마 대신이라고……. 이번 일은 어느 모로 보나, 너와 내가 책임져야 할 문제다."

"책임을 지라시면 그야 얼마든지 지죠. 아버지는 철이가 사전에 아버지께 말씀드리지 않았다고 떳떳하지 못하다고 하시는데, 저는 엄마 대신 하느라고 벌써 눈치 채고 있었단 말이에요."

아버지는 의외라는 표정으로 춘자 누나를 바라보았다.

"너, 너는 알고 있었냐?"

"네, 알고 있었어요. 아버지는 자꾸 훔쳤다 훔쳤다 하시지만, 아버지는 한 번이라도 동네 노인들이 모이시는 노인정엘 가 보신 적 있으세요? 전 다 봤어요."

춘자 누나는 일전에 봤던 노인정 모습을 이야기했다.

"그렇게 춥고 썰렁한 노인정인데도 동네 노인들은 아침이면 모여드세요. 마땅히 갈 곳이 없어서죠. 그런 노인들의 휴식처인 노인정에 철이하고 현이는 자기들 저금통을 깨서 창문에 바람막이를 하고 불을 피워 드리고, 간식을 가져다 드린 거예요."

"넌 그걸 어떻게 알았냐?"

"철이 저금통이 뜯겨지고 또 새벽마다 어딜 나가길래, 하루는 뒤쫓아 가봤죠. 그랬더니 노인정으로 들어가는 거예요. 그날 저는 다시 노인정으로 가서 노인들에게 여쭤 봤어요. 그랬더니 모두들 두 아이를 고마워하고 칭찬하고 계셨어요. 저는 코끝이 찡해져 그 자리에서 얼른 뛰쳐나올 수밖에 없었어요. 제 자신이 부끄럽고 창피하기도 했어요."

"그, 그랬었구나."

"어른들과 이웃들이 오죽했으면 어린 아이들이 그랬겠어요. 어른들은 모두 반성하고 부끄러워할 줄 알아야 해요."

춘자 누나의 진정 어린 호소에 아버지는 완전히 감격했다. 그래서 앞으로는 동네 노인정 운영을 책임지겠다고 나섰다. 그리고 자기 방에서 소마소마해서 기나리고 있던 철이를 불러 우리 아들 장하다고 칭찬을 해주었다.

이런 상황은 철이네 집뿐만이 아니라 현이네 집에서도 마찬가지였다.

현이 아버지는 아직 이른 아침인데도 가족 회의를 소집해서 현이의 행동을 알리고 칭찬을 아끼지 않았다. 덕분에, 세 명의 누나들은 얼굴이나 다듬고 반찬 투정이나 할 줄 알지 막내보다도 못하다고 꾸중을 들었다.

외삼촌은 이게 다 자기가 지도 감독을 잘한 탓이라고 은근히 자랑했다. 그러나 그 누구보다도 감격한 사람은 역시 할머니였다. 할머니는 너무도 자랑스러운 손자를 두었다며, 눈물까지 흘리며 현이의 머리를 자꾸자꾸 쓰다듬었다.

뿌다귀 영웅, 현이와 철이에겐 오늘이 다시 없이 즐겁고 행복한 날이었다.

스케이트장에서의 화려한 싸움

 지금까지는 현이와 철이, 현이 외삼촌과 춘자 누나만이 왕래가 있던 양쪽 집이 노인정 사건을 계기로 현이 아버지와 철이 아버지의 상봉이 이루어졌다. 철이 아버지가 먼저 손을 내밀며 인사를 했다.
 "바로 옆에 살면서도 이렇게 늦게 찾아뵈어 정말 죄송합니다."
 "처음 뵙습니다. 피차에 그렇게 됐습니다 그려. 허허!"
 "애들의 내왕이 먼저고 어른들의 인사가 나중이라니, 정말 민망스럽습니다."
 "사실 그렇습니다. 요즘 서울 사람들은 옆집과도 마음의 담을 쌓고 산다더니 정말 우리가 그렇습니다. 그래도 우리 현이 녀석하고 댁의 아드님하고는 퍽 가까운 사이 같더군요."
 "어디 그뿐입니까. 현이 외삼촌 되시는 분이 저희 아들 녀석 발목 부상 때문에 자주 들러서 마사지를 해주시지 않습니까. 이젠 다 나아서 괜찮다고 말씀드려도 꼬박꼬박 오셔서 돌봐주시니 정말 이렇게 고마울 데가 없습니다."

"아이구, 철이 발목 부상에 대해선 드릴 말씀이 없습니다. 저희 집의 불찰로 귀한 아드님이 다치셔서……."

"아, 아닙니다. 오히려 제가 죄송스럽습니다. 철이 녀석이 틈만 나면 댁에서 말썽을 부리는 통에……."

"하하하! 애들이란 다 그렇게 크는 거 아니겠습니까?"

"허허허! 그렇게 생각해 주시니 고맙습니다."

현이 아버지와 철이 아버지는 이런저런 이야기를 주고받더니, 이번 노인정 사건은 정말 깜찍스러운 일이었다고 아이들 칭찬을 아끼지 않았다. 그리고 자신들이 얼마나 무심했던가도 서로 반성하고 앞으로는 잘해 보자고 격려도 했다.

"다시 이를 말씀입니까. 그런데 애들이 부업을 한다고 계획을 세우던데, 들으셨습니까?"

"네, 우리 현이 녀석이 말하더군요."

"좋은 일에 쓰기 위해 돈을 벌겠다는 거니까 적극 지원해 주는 게 좋을 듯한데, 어떠십니까?"

"물론 저도 같은 생각입니다."

현이와 철이는 남은 방학 동안 스케이트 날을 갈아 주는 일을 하기로 했다.

둘 다 다리가 아직 불편해서 앉아서 할 수 있는 일을 찾다 보니 스케이트 날 갈이가 안성맞춤이었다. 현이는 이미 외삼촌에게 증기 목욕통을 빌리기로 약속받아 놓았고, 철이도 춘자 누나에게 숫돌 등의 장사 도구를 부탁해 놓았다.

그런데 외삼촌이 증기 목욕통을 선뜻 내준 것은, 그 증기 목욕통이 도무지 제 구실을 해내지 못했기 때문이었다. 증기 목욕통은 처음 외삼촌이 시험 가동을 했을 때는 괜찮았다. 그런데 조금 뜨뜻해진다 싶더니 '피식!' 바람 소리를 내면서 김이 다 빠져 버렸다. 그러더니 다시 뜨뜻해지기는커녕 미지근해질 기미도 보이지 않는 것이었다.

외삼촌은 그 일로 몹시 실망하고 낭패해 했으나, 춘자 누나가 성의만이라도 고맙다고 극구 위로하는 바람에 곧 괜찮아질 수 있었다.

"아들이라고는 에미도 없이 자란 그 애 하나뿐인데, 이 추위 속에 빙판 위에서 날카로운 쇠붙이를 만지겠다니 애처로운 생각이 안 드는 것도 아닙니다. 그래서 돈이 필요하면 주겠다고 했지만 막무가냅니다. 꼭 지가 벌어서 써야 한다나요."

철이 아버지는 철이가 고생할까봐 걱정이 태산이다.

"허허! 얼마나 기특한 일입니까. 자기들이 하겠다는 일이니까 어디 한 번 시켜 봅시다. 다행히 저희 집에 대형 나무통이 하나 있으니, 그 속에 들어앉아서 하면 바람은 꽤 막아 줄 겁니다."

드디어 준비 완료.

현이와 철이는 동네 스케이트장 구석에 자리를 잡고, '뼈다귀 영웅 스케이트 날 세우는 곳'이라는 간판을 세웠다. 이 스케이트장은 철이 아버지가 잘 아는 사람이 운영하는 곳이라서 쉽게 허락을 받을 수 있었다.

스케이트장에서는 신나는 음악이 흘러 나오고, 붉고 노란 머플러와 모자를 쓴 아이들이 음악에 맞춰 신나게 달리고 있었다. 처음 배우는 아이들은 아기들이 걸음마를 배우듯 엉기적엉기적 걷다가 꽈당 넘어지곤 했다.

현이네 집에서는 연탄 난로와 물주전자를 가져다 놓아 주고, 외삼촌은 아이들의 보호자로 스케이트장 주위를 맴돌고 있었다. 현이는 외삼촌이 아마 증기 목욕통을 보호하기 위해서라도 스케이트장을 떠나지 못할 것이라고 생각했다.

간혹 아는 아이들이 와서 부러운 듯이 언제 그런 기술을 익혔느냐고 묻고, 또 돈 벌어서 어디에 쓸 거냐고도 물었다. 그리고 간판에 쓴 '뼈다귀 영웅'이 무슨 뜻이냐고도 물었.

철이는 현이에게 '이런 것도 기술에 속하나 보다'고 말하며 웃었다. 그냥 갈기만 하면 되는 게 아닌가.

개업 첫날부터 제법 손님이 끊이지 않았다. 다른 데보다 싸게 해주니까, 호기심 반 장난 반으로 오는 애들도 있었다. 현이와 철이는 장사가 참 재미있다고 생각하며, 왜 진작 시작하지 못했을까 하고 후회하기도 했다.

점심 때가 되자 춘자 누나가 도시락을 싸들고 나타났다.

하나, 둘, 셋. 제일 큰 도시락이 외삼촌의 것임에 틀림없었다.

춘자 누나가 싸온 더운 도시락을 먹고 나자, 외삼촌과 춘자 누나와의 스케이트장 데이트가 시작되었다.

"점심 맛있었습니다. 제 생전 그렇게 훌륭한 도시락은 처음입니다."

"아이, 별 말씀을. 변변치도 않은데."

"정말입니다."

외삼촌은 춘자 누나에게 필요 이상의 아부를 한 다음,

"누구든 자기가 맡은 임무를 열심히 해낸다는 건 아름답고 보람찬 일입니다."

하고 멀리서 열심히 스케이트 날을 갈고 있는 뿌다귀 영웅들을 쳐다보며 진지하게 말했다. 춘자 누나도 외삼촌의 말에 동감했다.

"정말 그래요. 더구나 딴 생각 없이 한 가지 일에만 전력 투구한다는 게 보통 어려운 일이 아니잖아요?"

"물론입니다. 누가 시켜서 마지못해 하는 게 아니고, 자진해서 하는 일에는 의욕과 집념의 불꽃이 튀게 마련이지요."

"그런가 봐요. 전 우리 철이가 지금처럼 어른스러워 보인 적이 없어요. 저 진지한 표정과 굳게 다문 입, 차라리 경건해 보이기까지 하는걸요. 아버지는 늘 엄마 없이 자란 자식이라고 걱정을 하시지만, 지금 저 모습을 보신다면 그런 걱정은 떨쳐 버리실 수 있을 거예요."

계속해서 외삼촌과 춘자 누나의 화제는 현이와 철이 이야기였다.

외삼촌은 현이가 말썽만 부리던 개구쟁이에 불과한 줄 알았는데 저번 노인정 일 때부터 달리 봤다고 했고, 춘자 누나는 철이가 연필 한 자루 제대로 깎지 못해 기계에 넣고 돌리는 주제에 경험도 없이 스케이트 날은 잘도 간다고 기특해 했다.

그런데 이런 찬사 속에 뜻밖의 사건이 발생했다. 아까 스케이트 날을 갈아 간 철이의 같은 반 친구 광식이가 항의를 하러 온 것이다.

"야, 니들 장사를 하려면 좀 똑바로 해."

"무슨 소리야? 우리가 왜?"

"이걸 갈았다고 돈 받아 먹은 거야? 갈기 전보다 더 안 나가잖아, 이거."

"그러니? 미안하게 됐다. 아직 서툴러서 그래. 다시 갈아 줄게."

"그래, 광식아. 다시 갈아 줄게."

"관둬라, 야. 기술이 그 모양인데 백 번 갈아 봤자 그 타령이 그 타령이지 더 나아지냐?"

"아니야, 잘할 수 있어. 그거 이리 내."

"얀마, 갈면 갈수록 날만 자꾸 닳아진단 말이야."

광식이가 하도 딱딱거리고 철이가 쩔쩔매자, 현이가 미안하다고 사과를 하면서 돈을 도로 주겠다고 했다.
"그럼, 내 스케이트가 니들 날 가는 연습용인 줄 알았어?"
"그렇게 말할 것까진 없잖아. 하다 보면 실수도 생기기 마련이지 뭐. 우린 같은 반 친구 아니니? 좀 봐줘라."
"못 해, 인마."
철이가 좋게 사정했으나 광식이는 양해 못하겠다면서 말씨부터가 건방지다고 괜한 트집을 잡았다.
"그리고 니들 아까부터 나한테 친구 친구 하는데, 현이 너랑은 삼 학년 때 한 반이었고, 철이랑은 지금 같은 반인 게 사실이지만, 난 스케이트같이 친구를 둔 적은 없어."
"그럼 광식아, 내 스케이트랑 바꾸자. 아직 한 번밖에 타지 않은 새 거야."
현이의 말에,
"야, 너 미쳤어?"
하고 철이가 말렸지만, 광식이는 그것마저도 마다했다. 주인을 절름발이로 만들어 놓은 말썽 붙은 스케이트는 필요 없다는 거였다.
"변상해 줄게, 그럼. 그 스케이트 얼마짜리야?"
철이가 부아가 끓어오르는 걸 억지로 참으며 물었다.
"흥! 눈에 뵈는 게 없어? 이건 외제야. 국산이 아니라고. 돈을 쌓아 놓고도 구할 수 없는 물건이란 말이야."
"그럼, 어떡하라는 거니? 니 생각을 솔직히 털어놔 봐. 너

하자는 대로 해줄테니까."
 철이가 폭발 직전의 목소리로 말하자, 광식이는 남자답게 자기에게 덤비라고 했다. 광식이는 여느 때에도 자기가 힘이 세다고 거들먹거리곤 했다.
"그럼, 니 속이 시원하겠니?"
"분풀이라도 하자 이거야."
"하지만 지금은 우리가 남의 스케이트장에서 장사를 하는 거고, 또 둘 다 다리를 다쳐서 아무래도 안 되겠어. 나중에 개학하고 나면 정정당당히 상대해 줄게."
"얀마, 어떻게 그때까지 기다리냐? 니들 그러고 나서 은근슬쩍 피하려는 속셈은 아니겠지?"
"사내 대장부가 한 약속이야."
"사내 대장부 좋아하시네. 약속 같은 거 필요없어. 지금 당장 덤벼. 빨리!"
 그래도 현이와 철이가 거부하자, 광식이는 지금 누굴 놀리는 거냐고 화를 벌컥 냈다. 그리고 그렇게 안하면 몽둥이로 현이와 철이를 열 대씩 때리게 해달라고 제의했다. 어느새 구경꾼들이 모여들어 여기저기서 킥킥거리는 소리가 들렸다.
"야, 너 정말 치사하다."
"얀마, 치사하긴 뭐가 지사해?"
"가만 있어, 철아."

스케이트장에서의 화려한 싸움

현이는 흥분하려는 철이를 눌러 놓고 이렇게 말했다.
"야, 이제 우리도 더 이상 모르겠어. 그러니 니 맘대로 해 봐."
"이 자식이 뭘 잘했다고 큰소리야?"
광식이는 두 주먹을 불끈 쥐고 현이에게 덤벼들었다.
그러나 예상했던 것과는 달리, 광식이는 힘 한 번 제대로 써 보지 못하고 저만큼 나동그라져 버렸다. 현이는 엉거주춤 일어나고 있는 광식이에게 다시는 나타나지도 말라고 소리쳤다. 광식이는 뒤도 돌아보지 않고 도망 가 버렸다.
옆에서 지켜 보던 아이들이 '와아!' 하고 웃음을 터뜨렸고, 철이는 현이 팔을 굳게 잡으며 '너 정말 대단하다'고 칭찬을 늘어놓았다.
저만큼 떨어져서 보고 있던 외삼촌과 춘자 누나가 안심한 표정으로 미소를 지었다. 그러나 아직 사건이 다 끝난 것은 아니었다.
"어느 자식이야, 응?"
"형, 저기 저 자식!"
광식이가 어떤 고등학생을 앞세우고 다시 나타난 것이었다.
"야, 너 나 좀 봐."
광식이는 그 고등학생 뒤에 숨어서, 이제 너흰 죽었다는 듯이 혀를 낼름 내밀며 약을 올렸다. 현이는 그러는 광식이

스케이트장에서의 화려한 싸움

를 한 번 째려본 다음에 고등학생 앞으로 나섰다.
"왜 그래요, 형?"
"왜 그래요, 형? 야, 너 그런 말이 나와? 우리 광식이 스케이트를 못 쓰게 만들어 놓고, 그것도 모자라서 손찌검까지 했다며?"
"그건 오해예요."
"오해? 너 그럼 우리 광식이가 거짓말을 했다는 거냐, 지금?"
광식이 형은 다짜고짜 손이 먼저 올라왔다. 현이는 얼른 몸을 피하며 대꾸했다.
"왜 그래요, 형? 형은 고등학생이고 난 초등학생이잖아요. 게다가 나는 지금 장사 중이고, 다리도 완전히 나은 게 아니에요."
"요 쪼끄만 게 따지는 것 봐라."
"따지는 게 아니라 사실이 그렇잖아요."
"잔말 말고 너 이리 와."
광식이 형은 현이와 철이의 사업 장소인 증기 목욕통을 발로 걷어차며 다가오더니 현이의 멱살을 잡았다.
"아, 놔요. 이거 놔!"
"못 놔. 너 같은 건 혼 좀 나야 돼."
그때 철이가 광식이 형한테 덤벼들었다. 광식이 형은 넌 또 뭐냐는 듯이 한쪽 팔로 철이를 쥐어박았다.

"현일 놔 줘요!"

철이는 광식이 형을 붙잡고 늘어졌다. 광식이 형이 철이의 기세에 주춤한 사이에 현이는 멱살 잡힌 걸 풀고 나왔다.

드디어 싸움이 벌어진 것이다. 고등학생 대 초등학생 두 명.

싸움은 치열했다. 싸움은 막상막하, 어느 쪽의 승리를 점치기가 어려울 정도였다.

"가서 말려야 하잖아요. 왜 이렇게 서서 구경만 하시는 거예요."

춘자 누나는 아까부터 발을 동동 구르면서 외삼촌을 떠밀었지만, 외삼촌은 여유 만만이었다.

"저 정도라면 운동 삼아서라도 괜찮습니다. 애들 싸움에 어른이 나서면 더 큰 싸움이 벌어질 수도 있고요. 자기네들끼리 해결하도록 하지요."

"그래도 상대는 고등학생이잖아요."

"괜찮을 겁니다. 저 녀석들이 왜 뿌다귀 영웅인 줄 아십니까? 여러 가지 이유가 있는데, 뿌다귀가 나면 인정사정 없다는 게 그 중 하나입니다."

그렇다. 광식이 형은 뿌다귀 영웅들의 기질을 몰라보고 감히 뿌다귀를 돋군 것이다.

"거 참 볼 만한데요. 하하하."

"아니, 그렇게 재미있으세요?"

"저게 바로 남자들의 세계입니다. 그러고 보니 우리 현이

스케이트장에서의 화려한 싸움 149

싸움 솜씨가 제법인데요. 소질이 있어요. 저 공격의 정확성, 날램."

"호호호!"

외삼촌의 느긋한 태도에 춘자 누나도 차츰 여유를 갖게 되었다.

"제 동생은 어때요? 저만 하면 쓸 만하죠?"

"그럼요. 장차 누구의 처남이 될 아인데요. 두말하면 잔소리지요."

"아이, 짓궂기도……."

"자, 보십시오. 고등학생이 후퇴합니다. 아무리 해도 안 되겠나보죠? 하하하."

싸움은 광식이 형의 줄행랑으로 끝났지만, 현이와 철이는 개업 첫날부터 기분을 잡쳐 버렸다.

"야, 현아. 이게 뭐냐?"

"그러게 말이야. 광식이 자식 그렇게 쩨쩨한 줄 정말 몰랐어."

"하하하!"

"아니, 너 왜 웃는 거야?"

"네 얼굴이, 네 얼굴이 볼 만해서 그래. 하하하!"

"나만 그렇냐? 너도 볼 만하다. 하하하!"

현이와 철이는 서로의 멍든 얼굴을 바라보며 신나게 웃어 젖혔다.

대머리 할아버지도 이발한다?

일요일 아침이다. 교회의 종소리가 골목골목에 울려 퍼진다.
뿌다귀 영웅들은 아침 일찍부터 바쁘다. 현이는 그동안 번 돈을 계산하고 있고, 철이는 고무 풍선을 터뜨리고 있었다.
뻥!
벌써 몇 개째인지 모른다. 그러나 현이와 철이는 고무 풍선 터지는 소리가 늘어날수록, 그만큼 철이의 면도 기술도 향상되는 것이니 아까울 것 하나도 없다고 생각했다.
그 말이 무슨 뜻인고 하니, 지금 철이는 고무 풍선과 면도칼로 면도 실습을 하고 있는 중이다. 현이와 철이는 일요일이 되자 스케이트 갈이를 하루 쉬고 봉사 활동을 펴기로 한 것이다.
둘은 이런저런 의논 끝에 노인정에 가서 할아버지들에게 이발과 면도를 해드리기로 결성했다. 이발 기계와 넌노기, 가위 등은 철이가 가져왔고, 가슴 앞에 두를 보자기와 걸상은 현이가 제공하기로 했다.

  철이가 15개의 고무 풍선을 다 터뜨린 다음에야, 뿌다귀 영웅들은 짐을 챙겨 노인정으로 갈 준비를 했다.

  "여어, 니들 지금 가니?"

  외삼촌이 현관을 나서며 둘을 불러 세웠다.

  "네, 지금 가려고요."

  "잠깐, 전달사항이 있다."

  "전달 사항이요?"

  "그게 뭔데요?"

  현이와 철이가 의아해 하며 동시에 물었다.

  "뭔고 하니, 이제부턴 스케이트장에서의 아르바이트를 중지하라는 양가 어른들의 명령이 떨어졌다."

  "네에? 말도 안 돼요, 그건."

  "그래요. 가출을 해서라도 할 거예요."

  현이와 철이가 그런 명령엔 승복할 수 없다고 과격하게 나오자,

  "뭐? 그거야말로 말도 안 된다. 가출이라니! 난 증기 목욕통을 당장 몰수할 거다."

  하고 엄포를 놓았다.

  "왜 갑자기 그런 결정이 내려졌죠? 어른들께서도 모두 찬성하신 일이잖아요."

  "우리가 저번에 싸운 것 가지고 이제 와서 그러시는 거

예요?"

"아니다. 속단은 금물. 그런 게 아니고……."

"그럼 도대체 왜 그러는 거예요?"

"그 대신, 너희들이 계획하는 사업의 후원회가 발족됐다. 할머니를 비롯해서 닥터 신까지 식구들 모두. 그리고 철이네 아버지와 춘자 씨까지도 참여하기로 했다."

"와아, 신난다!"

현이와 철이는 서로 악수를 주고받으며 좋아서 어쩔 줄 몰라 했다.

외삼촌은, 이제부터는 구차하게 운영 자금 조달에 신경 쓰지 말고 오로지 봉사 활동에만 힘을 쓰라는 말을 덧붙인 뒤 안으로 들어갔다.

"야, 이제야 어른들이 우리의 높은 뜻을 이해하셨구나."

"그러게 말이야. 어른들이 도와 주시겠다는 데야 굳이 반대할 것도 없지."

현이와 철이는 서로를 축하, 격려하는 악수를 다시 한 번 나누었다.

"철아, 우리 이럴 게 아니라 빨리 노인정으로 가자."

"으응……."

"왜 그래? 갑자기."

"실은 나 아직 이발하는 데 자신이 없어."

"뭐야, 이제 와서 그러면 어떡해?"

"실제로 연습을 한번 해봤으면 좋겠는데……."

철이가 현이의 머리를 뚫어져라 쳐다보자, 현이가 질색을 하며 말했다.

"너 설마 내 머리를 실습용으로 사용하겠다는 건 아니겠지?"

"니가 싫다면 하는 수 없지 뭐."

철이가 아무래도 자신 없어 하자, 현이가 좋은 꾀를 찾아냈다.

"메리를 이발시키는 게 어때?"

"그래, 그거 기발한 생각이다."

"좀 춥긴 하겠지만 우리의 봉사 활동을 도와 주는 뜻에서 메리도 참고 이해할 거야."

"그럼, 그렇고말고."

현이와 철이는 망설이지 않고 행동을 개시했다.

불쌍한 메리.

현이와 철이는 메리를 다리 사이에 끼워 꼼짝 못하게 한 다음 이발을 시작했다. 메리는 이게 웬 날벼락인가 싶어 죽어라고 낑낑대면서 발버둥쳤다. 그러나 메리의 이발은 손쉽게 끝났다. 치와와라 털이 별로 없기 때문이다. 메리의 깽깽거리는 소리에 아버지가 밖으로 나왔다.

"아니, 메리가 왜 그러지?"

"어? 아버지가 오시나 보다. 철아, 거기 좀 치워라."

철이가 여기저기 흩어진 메리의 털을 쓸어 모았다.
"아니, 현아. 이게 무슨 짓이냐?"
아버지는 이발한 메리를 발견하고는 자지러지게 놀랐다.
"노인정에 가서 이발 봉사를 할 건데 그 연습을 좀 했어요."
"아니 뭐라고?"
아버지는 기가 막혀서 뭐라고 할말을 잊은 듯한 표정이었다.
"그리고 그 담배는 또 뭐냐? 설마 너희들이 피우려는 건 아니겠지?"
"그럼요. 이따가 노인정에 가서 이발을 희망하시는 할아버지께 한 갑씩 선물로 드리려고 산 거예요."
"이발도 해드리고, 게다가 선물까지 드린단 말이냐?"
"네, 아직은 연습 단계라서 다소 고통스러우실지도 몰라요. 그래서 위문품을 드리는 거예요."
"허허, 녀석들. 메리가 불쌍한 몰골이 되긴 했지만, 갸륵한 생각들을 했구나."
이렇게 메리를 대상으로 이발 연습을 한 현이와 철이는 자신을 얻어 노인정으로 갔다.
반응은 예상 외로 좋았다. 머리를 깎고 담배를 받으시겠다는 할아버지들이 줄을 이었다.
"어? 하, 할아버지도 이발하시려고요?"

철이와 현이의 눈이 동그래졌다. 그럴 수밖에 없는 게 대머리 할아버지가 의자에 앉았으니 말이다.

"에끼, 이 녀석들! 할아버지를 놀리고 있어."

"그, 그럼 왜 앉으셨어요?"

"수염이나 깎으려고 앉았다. 니들이 수염도 깎아 준다고 하잖았어?"

"하하하! 그런 줄도 모르고……."

"허허허."

할아버지와 두 아이가 큰소리로 웃자, 줄을 서서 기다리고 있던 할아버지들도 따라 웃었다.

"할아버지!"

"왜 그러느냐?"

"아메리카 대륙에 영국 사람들이 처음 이민 갔을 때요."

"메이플라워 호를 타고 갔을 때 말이냐?"

"모르시는 게 없으시군요."

"나이를 먹었다고 다 무식한 줄 아니? 그래서?"

"원주민인 인디언들이 영국 사람들만 보면 머리 가죽을 벗겨서 모피를 만드는 게 대유행이었대요."

"백인들은 머리 빛깔이 다양하니까 그럴 만도 했겠구나."

"네, 아주 귀중품으로 통했대요. 그래서 이민 간 백인들은 어두워진 뒤나 호젓한 곳에는 혼자서 다니지를 못했대요."

"그랬을 테지."

"그랬는데 스미스라는 노인만은 밤이라도 상관 않고 어디든 자유롭게 돌아다녀도 무사했대요. 왜 그랬는지 아시겠어요?"

"요녀석! 내가 그걸 모를 줄 알아?"

"말씀해 보세요. 현상 퀴즈! 상품은 담배 두 갑!"

"그 스미스라는 노인이 말이다. 아마 나처럼 대머리였나 보구나."

"하하하. 맞히셨어요."

주위에 모인 할아버지들이 크게 너털웃음을 터뜨렸다. 오늘은 노인정의 할아버지들에게도, 그리고 현이와 철이에게도 즐겁고 유쾌한 하루였다.

현이와 철이는 해가 뉘엿뉘엿 기울 무렵에야 노인들과 헤어져 집으로 돌아왔다. 다음 번엔 할머니들을 위한 특별 봉사 계획을 세우면서.

원숭이 이름은 예쁘

 드디어 모두의 졸업 선물로 닥터 신 아저씨가 약속했던 원숭이가 도착했다.
 더운 지방의 동물이라 지하실에 석유 난로를 피워 놓고 원숭이를 맞아들였지만, 할머니가 부득부득 반대를 하니 아무래도 집에 둘 수가 없게 되었다. 할머니가 지극히 사랑하는 메리 때문인데, 벌써 오자마자 메리와 원숭이는 한바탕 소란을 피웠다.
 원숭이가 온다는 소리에 구경 와 있던 철이가 전에도 말했듯이 자기네 집에서 기르는 게 좋겠다고 했다. 현이는 조금 아쉬웠지만, 처음부터 철이네 집으로 양자 보내기로 한 거니 그러자고 찬성했다. 그러자 외삼촌이 곤란하다는 뜻을 비쳤다.
 "원숭이를 데려가면 춘자 씨가 어떻게 생각할지……."
 외삼촌은 춘자 누나가 마음이 내키지 않다는 일은 할 수 없다고 했다.
 이렇듯 원숭이의 거처 문제로 곤란해 하자, 닥터 신 아저씨가 정 그렇다면 도로 가져가겠다고 나섰다.
"싫어요. 그건 말도 안 돼요. 일단 한 번 줬던 걸 도로 뺏으면 눈에 다래끼가 난대요."
"하지만 모두가 싫다는 걸 억지로 떠맡기는 것도 나의 예의가 아니야."
"누가 싫대요?"
"누구보다도 할머니가 싫어하시잖니."
"요는, 메리와 원숭이가 사이만 좋으면 되는 거예요. 그러면 할머니도 굳이 반대하시지 않을 거예요."
"글쎄, 그게 어려워. 옛날부터 견원지간이랬어. 개와 원숭이는 원수 사이지."
"그러니까 그걸 교육시켜야 해요."
"교육?"
"네. 우선 멕시코가 고향인 치와와와 동남 아시아의 열대 지방 출신인 원숭이의 친선을 위해 자매 결연을 맺어 줘야 해요."
옆에서 얘기를 듣고 있던 철이가 잘못하다간 원숭이를 자기네 집으로 가져가지 못하겠다 싶었는지, 지금 빨리 집에 가서 춘자 누나를 데려오겠다고 나섰다.
철이가 나가자마자, 외삼촌은 뜻밖의 횡재라도 한 듯 희희낙락하며 현이에게 말했다.
"현아, 머리빗하고 거울 좀 가져와라."

"원숭이 빗겨 주려고요?"

"원숭이도 빗겨 주고, 나도 좀……."

"하하하! 그런데 매형, 개하고 원숭이하고는 어느 쪽이 더 영리해요?"

"그야 물론 원숭이지. 원숭이는 영리할 뿐만 아니라, 부처님의 전생이 원숭이였다는 이야기는 《본생경》이라는 경전에도 여러 번 나와."

닥터 신 아저씨의 말에 외삼촌은 원숭이가 항상 영리한 것만은 아니라면서, 이야기를 하나 들려 주었다.

"옛날 인도 카시라는 나라 성 밖의 정글 속에 오백 마리나 되는 원숭이떼가 살고 있었다."

"와아, 오백 마리나요? 완전히 바글바글했겠네요."

"그래. 그런데 어느 날, 두목 원숭이가 우물 속에 비친 달을 본 거야. 그 달을 본 두목 원숭이는 '얘들아, 달이 죽어서 물에 빠져 있다. 저걸 건져 내서 세상이 어둡지 않도록 해야 하지 않겠느냐!'라고 했지. 이 말을 들은 원숭이들은 곧 달을 구출할 것을 만장일치로 결정했지. 그러나 방법이 문제였거든. 결국 모든 의견을 종합한 결과, 두목이 우물 위에 있는 나뭇가지에 매달리고, 다음은 두목 다음으로 큰 원숭이가 두목의 꼬리를 잡고 매달리고……. 이렇게 차례대로 제일 작은 원숭이가 맨 나중에 매달려서 달을 건지려는 순간, 나뭇가지가 부러져서 모조리 우물 속에 빠져 죽었다는 거야. 어때, 웃기지?"

그러나 현이는 우습기는커녕 가엾다는 생각이 들었다. 그때 춘자 누나의 목소리가 들려 왔다.

"어디니? 어디?"

"이리로 와, 누나."

외삼촌의 눈이 반짝 빛났다. 철이가 춘자 누나를 데리고 지하실로 들어왔다.

"안녕하십니까, 춘자 씨."

"네에, 안녕하세요. 우리 철이가 원숭이 구경을 가야 한다고 성화를 부리는 바람에 이렇게……."

"네에, 잘 오셨습니다. 언제든지 환영, 대환영입니다."

"그런데 원숭이는 어딨나요?"

"네, 이리로 오십시오."

춘자 누나는 원숭이를 보자마자 환성을 질렀다.

"어머! 예쁘기도 해라! 아주아주 귀엽네."

춘자 누나의 반응에 철이는 안도의 숨을 내쉬었다.

"이렇게 예쁘고 깜찍한 원숭이에게는 예삐라는 이름이 어울리겠어요."

"그거 참 좋은 이름입니다."

춘자 누나가 원숭이를 좋아하자, 외삼촌 또한 철이 못지않게 즐거워했다.

"가져다 기르십시오. 예삐는 이제 춘자 씨 겁니다."

"아, 아니 외삼촌!"
"여보게!"
현이와 닥터 신 아저씨가 화들짝 놀라 항의하려 하자,
"뭐 가져다 기르시는 동안만은 춘자 씨 거라 그 말이죠."
하고 얼른 말을 바꾸었다.
"호호호! 고마워요."
"그런데 듣자 하니, 철이네 집에도 개가 있다고 하던데……."
닥터 신 아저씨가 걱정하자,
"걱정 마세요. 존은 벌써 우리 이모가 가져갔어요. 이모네 식구들을 잘 따르거든요."
철이가 원숭이를 데려가기 위한 모든 준비가 끝나 있음을 알렸다.
춘자 누나도 예삐를 가게에다 두면 손님이 많이 올 거니까 장사에도 도움이 되고, 그러면 철이 아버지도 자연히 예삐를 좋아하게 될 거라며 아무 걱정 말라고 했다.
철이네 집으로 간 예삐는 춘자 누나의 말대로 손님들에게 인기가 좋았다. 손님들이 원숭이에게 주려고 과자를 사는 바람에 매상도 제법 올랐다.
춘자 누나는 벌써 예삐에게 옷도 여러 벌 만들어 입혔다. 원숭이 집으로는 증기 목욕통이 사용되었다. 춘자 누나의 제의에 외삼촌이 직접 증기 목욕통에다 철망과 유리창을

원숭이 이름은 예뻐 163

달아서 호화 주택으로 개량해 준 것이다.

　외삼촌은 증기 목욕통이 증기 목욕통으로서의 구실은 전혀 못했지만 스케이트장에서의 아르바이트 때에도 그렇고, 지금도 그렇고 여러 모로 쓸모가 있어서 좋다고 흡족해 했다.

　그러던 어느 날, 현이가 철이네 집에서 예삐와 놀다가 돌아오니 숙이 누나가 버럭 소리를 질렀다.

　"너, 정신이 있는 거니, 없는 거니?"

　"누나, 왜 그래? 누난 내가 정신이 있는지 없는지도 몰랐어? 몰랐다면 설명해 주지. 보다시피 내 정신은 이렇게 말짱하게 있다고."

　"나, 지금 농담하는 거 아니다."

　"나도 농담하는 거 아니야."

　"이게 정말!"

　숙이 누나가 다짜고짜 알밤을 한 대 먹였다.

　"말로 해, 말로. 도대체 무엇 때문에 그러는 거야?"

　"아니, 정신이 그렇게 말짱한 애가 강아지 집에다 밍크 목도리를 넣어 줘?"

　"아, 그거? 난 또 뭐라고."

　"애 좀 봐."

　"누나, 누나는 장차 가축 병원 원장 사모님이 될 사람이야."

"말 돌리지 마. 그거하고 이거하고 무슨 상관이니?"

"왜 상관이 없어. 가축병원 원장 사모님 정도 되면, 동물을 사랑할 줄도 알아야 하잖아. 밍크 목도리가 얼마나 비싸고 귀한 건진 모르지만, 우리 메리한테 댈 거야?"

"모르는 소리 작작해. 모피로 생각해도 개 가죽이 밍크 근처에나 얼씬거릴 수 있는 줄 아니?"

"하지만 목도리는 이미 죽은 밍크고 우리 메리는 살아 있는 생명체야. 죽은 껍데기가 살아 있는 목숨을 위해 봉사하는 건 당연하지 않아?"

"야, 그런 궤변 늘어놓지 말고……."

"궤변이 아니야. 누나, 철이네 집에 간 예삐가 얼마나 사랑받는지 알아? 옷이 몇 벌이나 있는데 모두가 고급품이라고. 또 외삼촌이 호화 주택도 장만해 주었는걸."

"넌 아직 몰라서 그래."

"모르다니? 모르긴 내가 뭘 몰라?"

"외삼촌이 예삐한테 아낌없이 투자하는 건 일종의 예금이라고."

"무슨 예금?"

"맡겨 두는 예금."

"어느 예금은 맡겨 두지 않고 뺏는 예금도 있나?"

"차츰 알게 돼."

"뭘?"

"이 맹추야, 외삼촌이 철이 누나한테 뭐건 미리 다 줘 두면, 이 다음에 결혼해선 저절로 몽땅 자기 것이 된단 말이야. 그 이치, 그래도 모르겠니?"

"모르긴 왜 몰라? 닥터 신 아저씨가 누나한테 선물하는 거, 깡그리 자기 것으로 만드는 준비하는 거랑 똑같은 거지 뭐."

"뭐, 뭐라고? 요게 못하는 소리가 없어."

"어, 말로 해. 왜 걸핏하면 알밤이야? 그렇잖아도 나쁜 머리 더 나빠져서 나중엔 누나 땜에 돌머리 되겠다."

"아이 참, 기가 막혀서."

"그러니까 매형보고도 앞으로 선물 갖고 오려면, 먹어 없어지는 걸로 가지고 오라고 그래. 알았어? 하하하!"

"아이, 저게 정말……."

감기와 사랑은 못 속여

현이는 전에 사용하던 목발을 놓고 심한 고민에 빠졌다.

물자 절약, 폐품 이용.

이 두 가지를 지키기 위해 목발을 어떻게 하면 좋을까, 더군다나 자신이 불행한 사고를 당했을 때 크게 신세를 진 물건이니 함부로 버릴 수도 없고……. 고민은 이런 것이었다.

처음엔 철이에게 기증하려 했지만, 철이는 정중하게 거절했다. 다음에 혹시 두 다리를 다 다치면 쌍지팡이로 유용하게 쓰라고 한 현이의 말이(철이도 발목을 다쳐 목발을 짚고 다녔었다) 어쩐지 악담으로 들리는 모양이었다.

그래서 현이는 궁리 끝에, 고무줄 총을 만들기로 했다. 목발로 만든 초대형 고무줄 총이 되는 것이다. 목발의 갈라진 부분을 이용해서 탄력이 강한 고무줄을 매면 주먹만 한 돌도 너끈히 날릴 수가 있다.

현이는 철이에게 자기의 계획을 말해 주었다. 철이도 좋은 폐품 이용이라면서 칭찬해 주었다.

착수가 곧 성공!

현이와 철이는 재료를 준비해서 현이 방으로 들어왔다. 일은 너무 쉽게 끝났다. 하긴 뭐 양갈래에 고무줄만 연결해 묶으면 되니까.

현이와 철이가 대형 고무줄 총을 실험해 보기 위해 방을 나서는데, 옆방에서 외삼촌의 애원하는 목소리가 들려 왔다. 숙이 누나의 냉랭한 목소리와 함께.

"숙아, 부탁한다. 이렇게 머리 숙여 애원까지는 아니고, 탄원한다."

현이와 철이는 뭔가 재미있는 일이겠다 싶어 문에다 귀를 바싹 갖다댔다.

"글쎄 몇 번을 말해도 마찬가지예요. 여자가 한 번 제 손에 들어온 보석이나 액세서리를 그렇게 호락호락 내놓는 줄 아세요? 그렇지 않다고요."

"나도 다 알아. 그래서 거저 달라는 것도 아니고 시가보다 약간 싼 값으로 인수하겠다는 거 아니냐. 그 자수정 반지쯤 흔해 빠진 물건이라 값도 비싸지 않고."

"그런 걸 왜 자꾸 탐을 내세요?"

밖에서 엿듣고 있던 현이와 철이는 외삼촌이 왜 그러는지 짐작할 수 있었다.

현이는 외삼촌이 참 딱하다고 생각했다. 숙이 누나 손가락에 있는 반지를 빼내서 춘자 누나에게 주려고 저렇게 애원인지 탄원인지를 하고 있다니. 아무래도 남자 망신은 외삼촌 혼자 다 시키고 있는가 보다.

"숙이야, 너 닥터 신하고 결혼만 해봐라. 그 싸구려 자수정이 문제냐. 다이아몬드다 비취다 해서 열 손가락이 무거울 텐데."

"그땐 그때고 지금은 지금이잖아요."

"이 외삼촌 사정 한 번만 봐 다오."

"근데 왜 하필이면 자수정이에요?"

"음, 그건 춘자 씨 생일이 2월 아니냐. 2월의 탄생석이 바로 자수정이거든."

그러면서 외삼촌은 춘자 누나가 값싼 자수정이 탄생석인 2월에 태어나서 다행이고, 또 더욱 다행인 것은 숙이 누나가 자신의 자수정 반지에 싫증나 있다는 거라며 너스레를 떨었다.

현이는 더 이상 철이가 들으면 집안 망신일 것 같아서, 철이에게 집에 가 있으라고 했다. 자기도 곧 따라가서 대형 고무줄 총 실험에 참석하겠다면서.

철이가 알았다면서 나가자, 현이는 숙이 누나 방으로 쓱 들어갔다.

"외삼촌, 보기가 참 안됐는데요."

"음? 현이 너 어디 있었니?"

"마루에요."

"다 엿들었구나?"

"일부러 엿들으려고 그런 게 아닌데, 외삼촌이 하도 우는 소릴 하시길래 무슨 일인가 호기심이 발동했죠."
"혼자서?"
"아니요, 철이하고 둘이서요."
"뭐? 그럼 철이도 다 알겠구나?"
"그 애한테도 고장 안 난 귀가 양쪽에 하나씩 있으니까요."
"그, 그렇다면 춘자 씨도 알게 될 테고……."
외삼촌은 크게 낭패한 듯했고, 숙이 누나는 그거 깨소금 맛이라며 재미있어 했다.
"그렇진 않을 거예요. 철이는 입이 보통 무거운 애가 아니라고요."
그러자 외삼촌은 조금 안심한 모양이었다.
"그런데 너 그게 뭐냐?"
"이거요? 초대형 고무줄 총이오."
"애들이 또 무슨 짓을 저지르려고 그딴 흉칙한 걸 만들었어!"
"숙이 누난 아무 걱정 안 해도 돼. 그렇게 쓸데없는 데까지 신경 쓰다 시집도 가기 전에 할머니 되겠다."
"뭐라고? 너 말 다했어?"
"아니. 아직 할말이 많지만, 바빠서 다음으로 미루겠어. 그럼 이만 실례."
"아휴, 저 주먹만 한 게!"

숙이 누나는 분해서 팔짝팔짝 뛰고, 외삼촌은 현이에게 동조의 웃음을 보냈다.

"안녕하세요, 누나?"
"응, 현이구나. 지금 예삐한테 먹이를 주고 있어. 예삐의 식사 시간이거든. 그런데 어머, 너 가슴에 안고 있는 게 메리 아니니?"
춘자 누나는 메리를 보자 소스라치게 놀랐다.
"네, 예삐하고 인사나 나누라고 데려왔어요."
"애, 그건 안 돼. 이거 봐, 벌써 예삐가 흥분을 하려고 하잖니."
정말, 오랜만에 면회를 온 메리를 보고 예삐는 흥분을 하기 시작했다. 아니, 예삐만 흥분하는 게 아니라 서로 째려보고 멍멍 짖고 꽥꽥거리고 난리였다.
사태가 심상치 않자 현이는 메리를, 춘자 누나는 예삐를 꼭 안았다. 예삐가 춘자 누나의 목걸이를 잡고 늘어졌다. 춘자 누나는 목걸이가 끊어질까봐 엉겁결에 예삐를 잡고 있던 손을 놓았다.
그 틈에 예삐는 춘자 누나의 품에서 빠져 나왔다.
"어? 누나!"
예삐가 도망치는 것을 막기 위해 현이가 손을 내뻗는 순간, 메리도 옳다구나 하고 도망쳤다. 메리와 예삐는 하필이면 그릇을 쌓아 놓은 곳으로 가서 육탄전을 벌일 기세다.

"큰일 났다!"

"어머머! 저걸 어째. 예삐야, 착하지? 이리 와, 응? 제발 이리 와."

춘자 누나가 애타게 불렀으나, 예삐는 들은 척도 하지 않았다.

주위에 있는 손님들은 걱정을 하면서도 한편으로는 개와 원숭이가 벌일 싸움을 흥미있게 지켜 보았다.

그때 철이 아버지가 들어오셨다.

"뭐야? 왜들 그래?"

"아버지, 마침 잘 오셨어요. 예삐가 메리한테 물어뜯기기 일보 직전이에요."

"에이, 누나도! 주먹만 한 치와와가 어떻게 원숭이를 물어뜯어요? 오히려 우리 메리가 큰일 났어요."

"아니, 왜 메리를 데려와서 이 소동을 부려? 견원지간 몰라? 견원지간."

"오랜만에 예삐랑 인사나 나누라고요. 그렇게 자주 만나게 해줘야 친해지지요."

"아이구, 골치야! 춘자 넌 또 왜 원숭이를 우리에서 꺼냈냐?"

"밥 주려고요."

"밥을 안으로 들여놓으면 되잖아."

"맨날 갇혀 있으면 답답할 거 아니에요. 그래서……"
"그래서 지금 일을 저 모양으로 만들어 놨어?"
"죄송해요."
"죄송이고 뭐고 저것들이 싸움을 벌여서 그릇이라도 깨지는 날이면……. 난 망했다, 망했어."

철이 아버지는 얼마 되지도 않은 유리 그릇들 걱정을 너무 과장되게 한다고 현이는 생각했다. 저까짓 것 몇 개 깨진다고 망하다니…….

"아저씨, 이 대형 고무줄 총으로 쏠까요?"
"안 돼! 오히려 잘못 맞혀서 저것들이 놀라고 흥분해서 날뛰는 날에는 이 가게 안에 남아 나는 게 하나도 없겠다."

현이는 예삐만을 쏘아 잡을 자신이 있는데, 철이 아버지는 결사적으로 반대를 했다. 이제 예삐와 메리는 결투 태세로 들어갔다. 서로 잔뜩 긴장해서 노려보고 있는가 싶더니…….

와장창! 쨍그랑!
왈왈! 찍찍찌익!

메리의 짖는 소리, 예삐의 아우성, 유리 그릇이 박살 나는 소리, 스테인레스 그릇들이 뒹구는 소리가 한데 어우러졌다.

일이 이렇게 되면 고무줄 총을 가만 둘 수만은 없다.
"에잇!"
현이가 만든 대형 고무줄 총의 제 일발이 날아갔다.

감기와 사랑은 못 속여 173

쨍그랑!

그러나 고무줄 총알은 예삐 대신 유리컵에 맞았다. 현이는 다시 한 번 고무줄을 당겼다.

피융!

이번에는 아슬아슬하게 예삐의 머리 위를 스치고 지나갔다.

"어머어머! 얘, 현아! 그만둬. 예삐 다치겠어. 제발 그만둬!"

춘자 누나의 울부짖음이 현이의 귀를 때렸으나, 그렇다고 그만둘 수는 없다.

치와와가 점점 열세를 보이기 시작했다. 현이의 고무줄 총알은 공기를 가르며 신나게 날아갔다.

피융!

뒤늦게 예삐와 메리의 사건을 안 외삼촌이 허겁지겁 철이네 집으로 달려왔다.

"죄송하게 됐습니다. 유리 그릇 깨진 것은 제가 모두 변상해 드리겠습니다."

"그런 말씀은 아예 마시고, 정말 미안한 마음이 조금이라도 있으시다면 그 예삔가 뭔가 하는 짐승부터 빨리 데려가 주셨으면 합니다."

철이 아버지의 예삐 철수령에 외삼촌은 어쩔 수 없이 예삐를 안고 집으로 돌아왔다. 그러면서 외삼촌은 메리 때문에 예삐를 현이 집에서 기르는 것도 어려울 것이므로 해결

방법은 두 가지밖에 없다고 생각했다.
"두 가지가 뭔데요?"
"하나는 숙이가 닥터 신과 빨리 결혼해서 새살림을 차려, 그 집에서 예삐를 기르는 거다."
"그리고 또 하나는요?"
"또 하나는 철이 누나가 나한테……, 아니, 어쨌든 얼른 시집을 가면서 데리고 가는 거."
"하지만 지금은 그 둘 다 실현이 불가능하잖아요. 외삼촌이 춘자 누나를 지금 당장 데려오지 않는 이상에는요."
"이 녀석, 못하는 소리가 없어."
외삼촌은 현이 말에 체격과는 걸맞지 않게 얼굴이 새빨개졌다.
"아무튼 당분간은 우리 집에서 맡아 둬야 하니까, 우리라도 튼튼하게 잘 만들어야겠다."
그때 어머니가 외출에서 돌아와 외삼촌을 찾았다.
"너, 게 좀 앉거라."
"왜 그러세요, 누님?"
"동네 소문에 너하고 철이 누나하고 어쩌니저쩌니 하는데, 사실이냐?"
등잔 밑이 어둡다더니, 어머니는 이제야 비로소 외삼촌과 춘자 누나 사이를 소문으로 들은 모양이다.
"어쩌니저쩌니라뇨? 그게 뭡니까?"

외삼촌은 시치미를 뚝 뗐다.

"그걸 몰라서 물어?"

"짐작은 합니다만 헛소문입니다. 철이 발목을 마사지해 주러 간다. 스케이트장엘 같이 나타난다. 원숭이를 준다 어쩐다 하니까 남의 말하기 좋아하는 사람들이 특별한 사이인 것처럼 과장해서 이야기한 겁니다."

외삼촌은 철이 누나와 자기와의 사이가 특별한 사이처럼 보이는 것뿐이라고 했으나, 어머니는 곧이듣지 않았다. 어머니는 이미 아까 큰딸 숙이를 통해 그 소문의 진위를 파악하고 난 뒤였던 것이다.

그래서 외삼촌이 자수정 반지를 싼 값에 팔라고 조른 사실, 걸핏하면 철이네 가게에 가서 철이 누나와 데이트를 한 사실도 다 알고 있었다.

그러나 어머니는 짐짓 모르는 체하고 일부러 이렇게 말했다.

"현이 할머님이 아시는 분 중에 최주사 어른이라고 계신다. 그런데 그 어른이 무슨 생각이 드셨는지, 너하고 철이 누나하고 중신을 드시겠다고 하시더구나."

"네? 그게 사실입니까?"

외삼촌은 얼굴이 환해지면서 물었다.

"내가 없는 말을 왜 하겠니."

"그, 그래서 뭐라 그러셨는데요?"

"그래서 무엇보다도 당사자의 의견이 중요하니까 네 말을 들어 보고 추진을 하든지 거절을 하든지 하려고 했는데……."

"했는데요?"

"그랬는데, 지금 보니 니가 철이 누나하고 특별한 사이도 아니라고 하고, 또 별로 내켜 하지도 않는 것 같으니 일찌감치 거절을 해야겠구나."

어머니의 말이 끝나기가 무섭게 외삼촌이 당황한 얼굴로 목소리까지 더듬으며 말했다.

"누, 누님. 왜 자꾸 성급하게 그러십니까? 무리하지 마세요."

"아니, 무리라니?"

"그, 그림자는 반대로 지고, 물은 아래로 흐르는 법입니다."

"얘가 왜 갑자기 뚱딴지 같은 소리야. 그게 무슨 말이야?"

"일부러 신경을 써서 서두르지 않아도 될 일은 저절로 되게 되어 있다는 말입니다. 아셨죠? 그 문제는 저도 신중히 생각해 볼 테니, 며칠만 여유를 주십시오."

외삼촌이 방에서 나가자, 어머니는 미소를 지으며 중얼거렸다.

"이제야 저 코끼리를 치우게 되나 보구나. 후후!"

그날 저녁 어머니는 아버지에게 낮에 있었던 일을 자세히 설명했다. 그리고 아무래도 당신이 나서야겠다며, 지금 철이네 집엘 가 보라고 부추겼다.

 아버지는 쇠뿔도 단김에 뽑으랬다고, 이런 경사스러운 일은 빠를수록 좋은 것이라며 철이네 아버지를 만나러 갔다.

 "아니, 이거 어쩐 일이십니까?"

 "네, 급히 상의 드릴 일이 있어서 밤인데도 불구하고 이렇게 찾아왔습니다. 실례가 안 되겠는지요."

 "별 말씀을 다……. 이리 앉으시지요."

 현이 아버지는 자리에 앉자마자 단도직입적으로 현이 외삼촌과 철이 누나와의 문제를 꺼냈다.

 현이 아버지의 말을 다 듣고 난 철이 아버지는,

 "저도 대충 눈치는 채고 있었습니다. 그거야 저도 경험해 본 적이 있는 일이니까요. 이런 말이 있잖습니까? 감기하고 사랑은 숨길 수 없는 거라고."

 "옳습니다. 결혼하게 될 인연으로 맺어진 사이는 라이터 같은 것이지요. 자꾸 접촉하면 불이 붙게 마련 아닙니까? 허허허!"

 "제게 안식구가 있다면 벌써 댁으로 보내서 그 댁 부인과 의논을 하도록 했을 텐데, 혼자 사는 몸이라서……."

 "그러니까 제가 오지 않았습니까."

 "수고스럽게 되셨습니다그려."

 "좋은 일인데 이 정도의 수고야 즐겁게 하겠습니다."

 "어쨌든 자기들 뜻이 맞았다면 우리야 뭐, 반대할 이유가 없지요."

"물론입니다. 우리 현이하고 댁의 철이하고도 절친한 친구인데다, 우리가 이렇게 또 내왕하는 사이가 되었고, 앞으로 또 사돈지간까지 된다면 이보다 경사스러운 일이 어딨겠습니까."

"이를 말씀입니까. 하하하!"

현이 아버지와 철이 아버지가 양가 대표로 합의를 보고 있을 즈음, 외삼촌은 현이와 철이 방 사이의 통신 시설을 이용해 춘자 누나에게 편지를 보내고 있었다.

……아무튼 일이 그렇게 되었으니, 저의 청혼을 거절하지 말아주시길 바랍니다. 제가 비록 미흡한 점이 많은 사람입니다만, 저와 결혼해 주시면 꼭 행복하게 해드리겠습니다.

박창호

할머니의 데이트

현이가 방학 숙제를 하고 있는데 전화벨이 요란하게 울렸다.
"여보세요. 네, 그렇습니다. 김금복 씨요? 그런 사람 없는…… 아, 있습니다. 잠깐만 기다리세요."
할머니를 찾는 전화였다.
"할머니! 나와 보세요."
"왜 그러느냐? 수선스럽게."
"전화 왔어요. 빨리빨리 받아 보세요."
"누군데?"
"최주사라면 아신다던데요."
최주사라는 말에 할머니는 무슨 노인네가 주책도 없이 전화를 다 한다고 투덜거리더니, 수화기를 들고는 더할 나위 없이 상냥한 목소리로 말했다.
"네, 전화 바꿨습니다. 아이구, 난 또 누구시라고. 최주사 어른이시구랴. 호호호! 그런데 웬일이시우? 그래요? 그야 뭐 나갈 수도 있지만……. 어디서 만날까요?"

할머니는 연방 호호 하하 애교가 넘쳐 나는 목소리로, 다방은 젊은애들이나 다니는 곳이니 안 되겠고 어디 호젓한 인삼 찻집이 좋지 않겠냐고 했다.

"네, 그럼 그리로 찾아가겠으니, 기다리고 계시구랴."

할머니가 데이트 신청을 받은 것이다. 할머니는 싱글벙글하며 방으로 들어가더니, 야무지게 단장을 했다. 그리고 어색하게 기침을 하면서 방에서 나오더니, 며느리에게 잠깐 나갔다 오겠다고 했다.

"어머님, 길이 미끄러우니까 현이랑 같이 갔다 오세요. 애, 현아. 할머니 좀 모시고 갔다 오너라."

"아, 아니다. 번거롭게 현이는 뭘. 나 혼자서도 충분하다."

"아니에요, 할머니. 넘어지시기라도 하면 큰일이니까 제가 모시고 갈게요."

현이도 호기심이 발동해서 자청하고 나섰다.

그러자 할머니는 벌컥 짜증을 냈다.

"고집 부리지 말고 숙제나 해라. 다녀오마."

집을 나선 할머니는 약속 장소인 인삼 찻집으로 갔다.

"호호호, 최주사 어른두 망령이시지. 내가 기회를 봐서 전화한다니까는 그새를 못 참고……. 내 입장이 얼마나 난처했겠어요. 손자 녀석이 어찌나 놀려대는지 내 도무지 얼굴이 화끈거려서……."

"허허허. 그거 죄송하게 됐소이다. 밤이야 낮이야 기다려도 전화를 안 주시길래, 나는 또 해소병이라도 도지셨나 해서 걱정이 되더란 말씀이야. 그래서 조바심을 하다가 비몽사몽간에 나도 모르게 저절로 손가락이 움직여 전화를 걸었단 말씀이야. 아, 그랬더니 그게 바로 금복 씨 댁이 아니겠소이까."

"아이구 원, 금복 씨가 뭐예요, 금복 씨가?"

"그럼 할마씨 이름이 김금복이 아니란 말이오?"

"호호호! 아니긴 왜 아니겠어요. 주민등록증에 보면 엄연히 김금복이라고 씌어 있지만, 그래도 현이 할머니라든가 김 집사님이라든가 하면 남이 들어도 얼마나 자연스럽겠어요. 그런 걸 가지고 김금복 씨라고 하니깐 웃음거리가 되고 말지요."

"아, 임자 이름을 옳게 부르는데 웃음거리는 무슨 웃음 거리요?"

"그래도 그게 아니라우. 난 내 이름 잊고 산 지 오래라우. 그건 그렇고, 이번에 최주사 어른, 수고가 많았어요."

"수고는 뭘……."

"하기야 따지고 보면 며늘애의 동생 혼사라 나하고는 직접 상관은 없는 일이오만 그래도 사람 사는 일이 어디 그래요. 연분이 있어서 옆집 색시하고 정혼이 되었으니, 보기만 해도 신기하고 기특하고 공교롭고 묘하지 않습니까?"

"사람 연분이야 태어나기 전부터 맺어져 있다고 하잖소.

할머니의 데이트 183

하고많은 사람 중에 제짝을 찾아내니 정말 신기한 일이외다."

"이게 다 최주사 어른께서 나서 주신 덕분이외다."

"자꾸 말로만 그러지 말고 술이라도 한잔 받아 주구려."

"이르다마다요. 저기 아리랑 식당 아시지요? 내일 저녁에 거기서 조촐하게 약혼식을 올리게 됐으니, 최주사 어른께서도 꼭 참석하셔야 해요. 약혼식이래봤자 목사님 모시고 가족끼리 모여 저녁 식사나 하는 것이니, 부담 갖지 말고 그냥 밥이나 한 끼 먹는 기분으로 오시면 돼요."

"내 꼭 가리다."

"기다리겠어요."

"그런데, 그것 참 낭패로군."

"아니, 뭐가 낭패란 말씀이시우?"

"중매를 잘 서면 술이 석 잔이라는데 예수교 법대로 하면 술 구경도 못하고 말 거 아니외까?"

"호호호, 염려 마시우. 내가 몰래 슬그머니 석 잔만 갖다 드리지요."

할머니는 얼굴이 발그스름해져서 돌아왔다.

"어? 할머니, 술 드셨어요?"

"이 녀석, 술은 무슨 술."

"그런데 왜 얼굴이 발그스름하세요?"

"내 얼굴이 어디가 그렇다는 거냐?"

"정말이에요. 거울을 보세요."

"아마 추운 곳에 있다가 들어와서 그런가 보다."

할머니는 얼버무리며 얼른 방으로 들어갔다. 현이는 데이트 소감을 묻고 싶었지만, 버릇없다고 꾸중을 들을까봐 그만두기로 했다.

그 대신 용돈 신청의 기회는 놓치지 않았다.

"할머니, 저 용돈이 다 떨어졌는데요."

"얼마나 필요하냐? 하나밖에 없는 우리 손주 녀석 용돈쯤이야 줘야지."

"알아서 주세요."

할머니는 지갑에서 천 원짜리 지폐를 한 장 꺼내어 현이에게 척 건넸다.

"와! 할머니가 지폐를 주시다니!"

현이는, 그 최주사라는 할아버지가 가끔 전화를 해서 할머니에게 인삼차를 사 드리는 것도 꽤 좋은 일이라고 생각했다.

약혼식에서 생긴 소동

"오늘 저녁 약혼식은 교회식으로 한다며?"
철이가 새 옷을 입고 나타나 약혼식 이야기를 꺼냈다.
"할머니가 주장을 하셔서 그렇게 하기로 했대."
"아무튼 노인네 고집은 아무도 못 말려."
"왜, 교회식으로 하는 게 싫으니?"
"목사님 설교도 있을 거고, 따분할 거 아냐. 그리고 약혼식 준비와 절차는 신부집에서 하는 건데, 니네 할머니가 멋대로 결정하셨잖아."
철이는 아무래도 교회식으로 약혼식을 하는 게 마땅하지가 않았다.
"너무 투덜거리지 마. 그 대신 내가 기찬 프로그램을 마련해 두었어."
"무슨 프로그램?"
"지금은 말할 수 없어. 비밀이니까."
"나한테도?"
"미안하다. 좀더 계획을 짜 보고 말해 줄게. 지금은 아직

구체적인 생각이 안 떠올랐어."
"기대가 크다."
"그래, 기대해 봐."
"아무튼 지난번 니네 집에서 예배 보다가 밤톨 폭탄 세례 때문에 사라져 버린 목사님이 부활 승천했다가 오늘 저녁 약혼식장에 다시 나타나신다니, 그것만으로도 재미있을 것 같다."
"그것도 그래."
그러면서 현이는 철이에게 호치키스를 준비하라고 했다.
"호치키스는 왜?"
"행사에 꼭 필요한 물건이야."
"알았어."
철이는 현이 외삼촌과 자기 누나가 약혼을 하고 결혼을 하면 현이와 자기와의 촌수가 어떻게 되는지 따지더니, 자기가 더 높다고 좋아라 했다.
"현이야, 너 이제 나한테 사돈 아저씨라고 불러."
"이게 정말!"
"하하하!"
철이는 자기 누나를 보러 가겠다고 집으로 돌아갔다. 시간이 되자 현이네 가족은 모두들 옷을 차려 입고 약혼식장으로 향했다.
철이가 먼저 와서 손을 흔들었다. 현이는 도착하자마자 철이를 화장실로 불렀다.

"너, 호치키스 가져왔니?"

"물론이지. 이제 그만 털어놓지 그래."

"뭔가 하면 말이야, 교회식으로 하는 거니까 반드시 기도 시간이 있을 거야."

"물론 그럴 테지. 그때 또 사건을 저지르자 이 말이구나?"

"어허, 사건이라기보다 성스러운 짝짓기를 하자는 거야. 이번에도 하나님을 대신해서."

"어떻게?"

"모두 눈을 감고 있을 때, 이 호치키스로 옆에 앉은 사람끼리 옷을 박아 놓자 이거야."

"그거 재밌겠다. 너 어떻게 그런 기발한 생각을 해냈냐?"

"별거 아니지 뭐. 저번에 하나님을 대신해서 신도들을 시험한 니 아이디어에 보답하는 의미에서 생각해 낸 거야."

현이와 철이가 한창 궁리를 하고 있는데, 옥이 누나가 두 아이를 찾으러 왔다.

"얘, 니들 그 안에 있니?"

"응, 누나. 왜 그래?"

"목사님 오셨어. 지금 시작한대."

현이와 철이가 화장실에서 나오자, 옥이 누나는 수상한 눈으로 쳐다봤다.

"니들 또 무슨 짓을 저지르려고 쑥덕거리고 있었니?"

"무슨 짓을 저지르다니? 우릴 어떻게 보는 거야?"
"그래, 제발 오늘만은 얌전히 있어 줘라, 응?"
"걱정 마."
그때 목사님의 목소리가 들려 왔다.
"다들 자리에 앉아 주시기 바랍니다."
현이와 철이, 옥이 누나는 재빨리 제자리에 가 앉았다. 현이와 철이가 얼른 둘러보니, 참으로 다행스럽게도 저마다 자기 짝을 옆에 두고 앉아 있다.

철이는 자기 아버지만이 짝이 없는 걸 보고 안쓰러운 생각이 들었다. 어머니가 살아 계셨더라면 좋았을 텐데……

"그러면 박창호 군과 김춘자 양의 약혼식을 거행하기에 앞서, 두 분의 결합을 위해 애써 주신 최선생님의 말씀을 듣겠습니다."

목사님의 말에, 할머니와 데이트를 한 적 있는 최주사 할아버지가 일어났다.

"저야 뭐 드릴 말씀은 따로 없고, 다만 결혼식까지 무사하고 원만하고 경사롭게 잘 진행되기만을 바랄 뿐입니다."

최주사 할아버지가 앉고, 모두들 박수를 쳤다.

드디어 목사님이 기도 시간임을 알렸다. 현이는 '우리의 호치키스 행사가 성공하기 바라옵니다'하고 얼른 기도했다.

"오, 하나님 아버지. 만세 전부터 정하신 당신의 섭리를 따라 앞으로 결혼하기로 작정한 사랑하시는 자녀 박창호 군과 김춘자 양의 앞날에 주님의 축복이 함께 하시길 원하옵고 바라옵니다. 이들이 결혼하고 한평생 살아갈 때에 성령이 역사하사 언제나 주 안에서 바르게 살며, 당신 보시기에 아름답고 합당한 일꾼이 되게 하시고 주께 영광 돌리는 업적 이룩하도록 주여, 인도하여 주시옵소서.

주 예수 그리스도의 이름 받들어 기도드리옵나이다. 아멘."

목사님의 기도가 끝나자 모두 아멘을 따라했다. 곧이어 식사가 시작되었다. 모두 즐겁게 담소를 나누고 웃음을 터뜨리는데, 제일 먼저 할머니가 최주사 할아버지를 나직이 구박했다.

"에그머니나! 망측도 해라. 최주사 어른, 내 치마 자락은 왜 붙들고 계시오? 이거 냉큼 놓으시오."

"잉? 내가 언제 임자 치마 자락을 붙잡고 있었다는 거요?"

"지금 잡고 있지 않소?"

"허허! 정말 답답한 노릇이네."

할머니가 최주사 할아버지와 실랑이를 하고 있을 때, 현이 아버지와 어머니도 당황해 하기 시작했다.

"여보, 당신이 내 스커트를 깔고 앉았어요."

"그래? 아니, 이게 어찌된 일이지? 안 떨어지네."

그때 닥터 신 아저씨도 외삼촌에게 축하의 악수를 건네려고 벌떡 일어나다가 도로 주저앉았다.

"왜 붙잡았습니까?"

"어머나! 제가 언제요? 닥터 신께서 제 치마를 붙잡고 일어나셨으면서. 빨리 놓으세요. 남들이 봐요."

"아닙니다. 전 안 잡았습니다."

외삼촌도 예외는 아니었다.

"박선생님, 저 좀 놔 주세요. 저 아무 데도 가지 않을게요."

얌전을 빼고 앉아 있던 춘자 누나가 치마 자락을 놔 달라고 외삼촌을 콕콕 찔렀다. 외삼촌은 어리둥절한 얼굴이 되었다.

"아닙니다. 저도 급히 볼일 좀 봐야 할 텐데 춘자 씨가 붙잡고 안 놔 주시는 바람에……."

이런 소동에도 아랑곳없이 목사님이 입을 열었다.

"태초에 하나님이 인류의 조상, 아담과 이브를 에덴 동산에 두시고 저들이 부부 되시길 허락하셨고, 일심 동체임을 증명하셨습니다. 오늘 박군과 김양도 일심 동체가 되어……."

"목사님, 일심 동체도 좋지만, 누가 이렇게 저희 둘을 철사줄로 묶어 두었습니까?"

외삼촌의 한 마디에 목사님은 두 눈이 휘둥그레졌다.

"저희도요, 목사님."

"어, 너희들도?"

"에그머니나, 이 무슨 망측한 일이냐!"

일기를 씁시다

외삼촌이 비상 소집을 했다.
현이와 철이는 무슨 일인가 해서 외삼촌 방으로 갔다.
"왜 그러세요, 외삼촌?"
"일기장 검사를 하기 위해서다."
"일기장 검사요?"
"저도요? 왜요?"
"왜긴. 니네들의 문학적 소질을 살펴봄과 동시에 방학 숙제를 철저히 하고 있나를 조사하는 거다."
"하, 하지만……."
"하지만이고 뭐고 빨리들 가서 일기장 가져와. 번개 총 소리나게 갔다 와."
외삼촌 방을 나온 현이와 철이는 걱정이 태산 같았다.
"야, 철아. 너 혹시 일기 쓴 거 있으면 나 좀 보여줘라."
"일기 같은 걸 쓸 시간이 어딨냐. 저녁 먹고 텔레비전 보다가 누우면 그대로 곯아떨어지는걸."
"그건 나도 그래. 어쩌지?"

"어쩌긴. 지금부터라도 써야지. 밀린 일기를 간단하게 해치우는 거야."

"그래 그 수밖엔 없겠다."

현이와 철이는 자기 방으로 돌아와 서로 헤어져서 일기를 쓰기 시작했다.

잠시 후.

"니들 일기장 가지러 갔다가 감감 무소식이어서 내가 찾아갈 생각이었다. 왜 이렇게 늦었어?"

"네, 좀 그렇게 됐어요."

"일기장 내놔 봐."

"여기……."

현이와 철이는 쭈뼛쭈뼛하며 일기장을 내놓았다.

"뭐야? 둘다 1월 1일부터잖아?"

"새 마음으로 새 일기장에 썼거든요."

"저도요."

외삼촌은 철이 일기장을 내려놓고, 우선 현이 일기장부터 한 장 한 장 넘기기 시작했다.

"1월 1일, 오늘은 떡국을 먹었다. 참 맛있었다. 매일 먹었으면. 1월 2일, 오늘은 별일 없었다. 그저 그런 하루였다. 1월 3일, 오늘도 어제와 똑같았다. 1월 4일, 아침 먹고 점심 먹고 저녁도 먹었다. 하루 세 끼 다 먹은 것이다. 아니, 이 녀석이? 1월 10일, 철이랑 재미있게 놀았다. 1월 11일, 텔레비전을 보다가 잠이 들었다. 1월12일 ……. 야, 이 녀석아!"
 외삼촌이 버럭 소리를 질렀다.
 "너 이걸 일기라고 쓴 거야? 뭐? 1월 1일, 떡국이 맛있었다고? 그리고 1월 4일엔 하루 세 끼 다 먹었다고?"
 "틀린 말 아니잖아요."
 "시끄러! 니가 1월 내내 사고 친 게 어디 한두 가지냐? 그리고 우리 집에 그동안 사건이 얼마나 많았냐. 니들 봉사 활동 한 것도 있고, 원숭이도 들여왔고, 또 내가 약혼까지 하지 않았어! 근데 일기장은 아주 무미건조, 평범하구나. 너 이거 아까 한꺼번에 쓱싹한 거지? 그렇지?"
 현이는 아무 대꾸도 못하고 고개를 푹 숙였다. 외삼촌은 혀를 끌끌 찬 다음, 철이 일기장을 펼쳐 들었다.
 "1월 1일, 아, 인생이란 도대체 뭘까? 덧없이 왔다가 또 그렇게 가는 건가? 나는 또 한 살을 더 먹었다. 내가 그 동안 해놓은 게 뭔가? 우리 때문에 수고하시는 아버지. 아버지의 흰머리카락이 요즘 들어 부쩍 더 많아진 것 같다. 음, 철이는 어른 같구나, 제법이야. 나라도 엄마 대신 아버지를 도와 드려야 할 텐데, 변변치 못한 여식을 둔 덕분에……. 뭐, 여식? 아버지는 늘 걱정이시다. 올해엔 신방을 차려 화촉을 밝히라시지만……. 이게 뭐야? 철이 네 이 녀석!"
 기고 만장해 있던 철이가 외삼촌의 느닷없는 호령에 몸을 움츠렸다.

"왜, 왜 그러세요?"

"너 이거 어디서 베꼈어?"

"아, 아니에요. 제가 쓴……."

"정말 니가 쓴 거라고? 이게?"

외삼촌이 눈을 부릅뜨고 다그치자 철이는 고개를 설레설레 흔들었다.

"실은, 누나 일기장을……."

"뭐라고?"

현이가 그 소리에 참았던 웃음을 터뜨렸다.

"웃지 마! 넌 뭘 잘했다고 웃는 거야."

외삼촌은 두 아이에게 10분 동안 '엎드려 뻗쳐'를 시켰다. 철이와 현이는 그러나 10분은커녕 5분도 채우지 못하고 픽 고꾸라졌다. 외삼촌이 두 아이의 엉덩이를 한 번씩 걷어찼다.

"자리에 앉아."

현이와 철이는 주춤주춤 자리에 앉았다.

"니들 도대체 정신 상태가 글러먹었어. 일기 하나 제대로 쓰지 않고. 어디 그뿐이냐? 방학이라고 책 한 권 읽은 거 있으면 말해 봐. 자고로, 책은 마음의 양식이랬어. 장난 치는 것과 먹는 데만 눈이 뻘개져서 달려들지 말고, 시간 많을 때 책을 읽어서 마음의 살을 찌워야 할 거 아니야."

외삼촌은 현이와 철이에게 연설을 길게 늘어놓더니, 숙제를 내주었다.

"오늘 일기는 적어도 노트 한 장에 가득 써서 내일 아침 일찍 제출하는 거다. 알았나?"

"네에……."

"대답이 왜 그 모양이야? 알았나?"

"네!"

현이와 철이는 현이 방에 모여 머리를 맞대고 의논을 시작했다.

"어쩌지? 난 글 쓰는 거하곤 담 쌓았는데."

"나도 마찬가지야. 니네 외삼촌, 늙기도 전에 망령 들었나 봐. 웬 바람이 불어서 갑자기 비상을 걸고 그러지?"

"아니야. 그래도 외삼촌 말이 맞긴 맞아. 우리가 좀 너무했어. 야, 솔직히 책 읽어 남 주냐? 근데 너랑 나랑은 책을 읽으면 꼭 손해나 보는 것처럼 굴었잖아."

"하긴 그건 그래. 그나저나 갑자기 일기를 쓰라니, 그것도 공책 한 장을 가득 채워서 말이야. 이 일을 어쩌지?"

"어쩌긴. 써야지."

"그걸 누가 모르냐? 안 써지니까 그러지."

"그래도 노력해 봐야지 뭐. 노력은 성공의 어머니! 그거 너 몰라?"

"알았어. 나 집에 가서 차분히 생각 좀 해봐야겠어. 잘 해 봐."

"그래, 잘 가."

현이네 집에서 돌아온 철이는 일기장을 펴놓고 책상 앞에 앉았다. 그리고 한참을 골똘히 생각하다가 연필을 들어 글을 쓰기 시작했다.

오늘 현이 외삼촌이 일기장 검사를 했다. 현이 외삼촌은 곧 우리 매형이 될 분이다. 매형! 이상하다. 나에게 벌써 매형이 생기다니. 나는 엄마의 얼굴을 기억하지 못한다. 사진으로는 보고 알지만, 실제로는 한 번도 만난 적이 없다. 꿈속에서도 엄마는 늘 흐릿하게 나온다. 엄마는 나를 낳고 며칠 있다가 돌아가셨다고 한다. 그리고 그 때 초등학생이이었던 누나에게 어린 동생을 잘 돌봐주라며 손을 꼭 잡고 말씀하셨다고 한다. 누나는 때론 내게 심술궂게도 하고 얄밉게도 굴었지만, 지금 생각해 보니 참 좋은 누나다. 내겐 엄마 같은 누나다. 그 누나가 시집을 간다. 현이네 외삼촌한테. 솔직히 서운한 마음도 든다. 꼭 우리 누나를 빼앗기는 느낌이다. 현이도 외삼촌을 장가 보내면서 그런 생각이 들까? 내가 이상한 걸까? 내일은 현이한테 한 번 물어 봐야겠다. 누나가 시집가면 아빠와 나뿐이다. 누나가 시집 안 가고 현이네 외삼촌이 우리 집으로 장가를 왔으면 좋겠다. 우리 집은 아빠와 나만 살기엔 너무 넓고, 또 어차피 현이네 외삼촌도 결혼하면 현이네 집을 나가야 한다니 잘된 일이 아닌가. 와!

이건 정말 기발한 생각이다. 내일 아빠, 누나, 그리고 현이네 외삼촌에게도 물어 봐야겠다. 오늘 일기 끝.

 철이가 일기 쓰기를 끝냈을 즈음, 현이도 일기를 다 쓰고 다시 한 번 읽고 있는 중이었다. 아니, 현이는 일기를 쓴 게 아니라 일기 대신 철이에게 보내는 글을 썼다.

 나의 둘도 없는, 앞으로도 없을 친구 철이에게
 철이야, 외삼촌이 일기를 쓰라고 했지만 나는 일기보다 네게 편지를 쓰기로 했다. 외삼촌도 이해해 줄 거야. 철이야, 난 니가 정말 좋다. 왜 좋은지는 모르겠다. 그냥 좋아. 우리 외삼촌이 니네 춘자 누나를 좋아하지만, 그건 별거 아냐. 야, 어떻게 한 번 딱 보고 그렇게 좋아할 수가 있냐? 적어도 우리처럼 오래오래 만난 뒤에야 가능한 일이지. 그러고 보니 우린 싸우기도 참 많이 싸웠구나. 내게 섭섭한 거 있음 다 털어버려.
 철이야, 넌 의사가 되고 싶다고 했지? 넌 공부를 잘하니까 꼭 될 수 있을 거다. 그래서 노벨상도 받을 거야. 그치만 난 자신 없다. 난 장난치는 데만 도사지, 공부는 별로잖아. 그래도 뭐가 되긴 되겠지 뭐. 하나님이 인간을 창조하실 때 한 가지 재능만은 꼭 주신다고 했어. 그러니 나한테도 무슨 재능이 있을 거야. 혹시 모르지. 이 세상에서 제일 기발한

일기를 씁시다 199

장난을 많이 생각해 낸 사람으로 기네스북에 오를지. 이젠 그만 쓸래. 잘 자!

너의 영원한 동지, 현이 보냄

 현이와 철이는 잠자리에 들었다. 그리고 내일 아침, 외삼촌이 일기를 보고 못 썼다고 또 기합을 주면 어쩌나 하고 고민하다가 잠이 들었다.
 현이는 꿈속에서 대통령이 되었고, 철이는 어머니와 서울 대공원에 가는 꿈을 꾸었다. 꿈속의 어머니 얼굴이 방에 걸려 있는 어머니 사진과 닮은 것 같기도 했고, 춘자 누나 같기도 했다.

손금·관상 봐드립니다

이제 개학도 얼마 남지 않았다.
"아웅, 지금부터 다시 방학이 시작되는 거라면 얼마나 좋을까!"
현이의 야무진(?) 타령을 듣고 있던 철이가 제법 어른스러운 소리를 했다.
"그렇게만 생각할 게 아니라, 얼마 남지 않은 방학 동안에 지금보다 더 많이 착한 일을 해야지."
"아쭈. 너 사돈 되더니 사람이 달라졌다?"
"얘 말하는 것 좀 봐. 내가 니 사돈이냐? 니가 내 사돈이지."
"피장파장, 피차마차 쌍마차잖아."
"그나저나 먼저 자금을 충분히 모은 다음에 무엇을 하든 해야 할 텐데, 무슨 좋은 방법이 없을까?"
"편히 앉아서 손끝 하나 까딱 않고 돈 벌 수 있는 방법이 있으면 좋을 텐데······."
"야, 그런 게 어딨······ 아, 있다! 그런 방법이 있다니까."

철이의 말에 현이가 벌떡 일어나 앉으며 물었다.

"그게 뭔데? 빨리 말해 봐."

"뭔고 하니 가두의 철학자, 노상의 예언자, 거리의 선지자, 골목의 구도자."

"너, 점쟁이를 말하는 거니?"

"그래. 궁합과 손금, 해몽과 일년 신수, 토정비결, 작명, 운명 감정……."

"야, 어지럽다. 어지러워."

철이는 본래부터 점쟁이 흉내를 잘 냈다. 그래서 학교에서도 오락 시간만 되면 앞에 나가 봉사 점쟁이 흉내로 아이들을 즐겁게 해주곤 했다.

"자, 누구든지 오시라. 척척도사! 현아, 어때, 내 생각이?"

"그거야 입으로만 나불거리면 되는 거니까 나쁠 것 없지만……. 너 손금, 해몽 그런 거나 할 줄 알고 하는 소리냐?"

"왜 못 해? 그거야 처음부터 사기 아니냐. 적당히 좋게좋게 얼렁뚱땅 듣기 좋은 말만 해주면 돼."

"손님이 와야 듣기 좋은 말을 하든 재수 없는 소릴 하든 할 게 아냐."

"손님이 왜 없냐? 손님이 안 오면 우리가 찾아가면 되는 거야."

"우리가 찾아가? 누굴?"

"찾아갈 손님이야 많지. 우리 아버지, 춘자 누나, 니네 할머니, 아버지, 어머니······."

"응, 알았다. 그러니까 너 집안 사람들을 상대로 점을 치자, 이거구나?"

"누가 아니래냐. 어때, 내 생각?"

"좋은데. 아주 참신한 생각이야."

현이는 아기 보살, 철이는 소년 도사가 되기로 했다. 그리고 아기 보살과 소년 도사는 가만히 앉아서 번 돈을 자선 사업 기금으로 쓰기로 했다.

하지만 그래도 어쩐지 사기꾼 같은 느낌이 들어, 외삼촌에게 자문을 한번 구하기로 했다.

"그래서요, 그렇게 하기로 한 거예요. 외삼촌 생각은 어떠세요?"

"음, 난 원칙적으로는 찬성한다."

"그럴 줄 알았어요. 외삼촌이 이런 일에 반대할 리가 없죠."

"그건 또 어째서?"

현이 대신 철이가 외삼촌 물음에 대답했다.

"매형은 철학자이거든요."

"매형?"

철이가 매형이란 호칭을 사용하자 외삼촌은 감격스런 얼굴로 말했다.

"매형! 아, 얼마나 듣기 좋은 말이냐. 이왕이면 다시 한 번만 불러 줄래?"

"백 번이라도 불러 드릴게요, 매형!"

"오, 오냐. 매형이라."

외삼촌은 두 눈을 지그시 감고 '매형'이란 말을 음미해 보더니, 아까 자기를 철학자라고 한 이유를 설명해 보라고 했다.

"뻔하죠, 뭐. 매형은 누구나 다 알 수 있는 일도 일부러 어렵게 빙빙 돌려서 말하는 게 꼭 철학자 같대요. 그리고 또 머리 모양, 옷차림, 모두가 지저분한 게 꼭 철학자를 닮았대요."

"처남, 그건 터무니없는 모략이야. 도대체 누가 그런 중상 모략을 했지?"

"누나가 그랬어요."

"그, 그랬어? 춘자 씨가 그랬단 말이지?"

"네, 그랬다니까요."

"그럼, 그건 옳은 말이야. 난 좀 생각하는 거나 말하는 게 철학자와 비슷하지."

아무것도 두려울 것 없는 코끼리 외삼촌도 춘자 누나 말이라면 무조건 옳다고 따른다. 현이는 '저게 바로 사랑의 힘이라는 걸까?' 하고 생각했다.

"외삼촌, 춘자 누나 말에 감격 그만하고 우릴 좀 지도해 주세요."

현이가 옆에서 조바심이 나서 다그쳤다.
"그래. 내가 왜 원칙적으로는 찬성이라고 했냐하면 말이다. 난 소년 도사니 아기 보살이니 하는 건 반대하기 때문이야. 그렇게 하면 어쩐지 속임수 같잖니."
"원래가 그런 거 다 속임수잖아요."
"글쎄, 우선은 그렇다고 치자. 원리 원칙대로 따지면 몽땅 미신이지. 그래도 음양오행, 금목수화토로 운명을 풀어 나가는 것은 동양 철학의 한 갈래야. 알았니?"
"네, 외삼촌."
"처남은 알아듣겠소?"
"알아들었나이다. 매형."
"허허! 좋아."
외삼촌은 계속해서 이해할 수 없는 동양 철학을 강의했다. 그래도 현이와 철이는 다 알아듣는 척 고개를 끄덕거렸다.
외삼촌의 강의가 다 끝나자, 현이와 철이는 지금 이 시간부터 동양 철학관을 개업할 테니 외삼촌이 그 선전 책임을 맡아 달라고 부탁했다. 외삼촌은 흔쾌히 허락했다. 외삼촌은 그 길로 당장 닥터 신 아저씨부터 만났다.
"이봐. 자네 처남 될 사람이 아기 보살, 내 처남 될 분이 소년 도사가 됐네. 난 그 동양 철학자들의 고문 겸 선전 책임자고."

"그게 무슨 소리야? 현이하고 철이가 졸지에 점쟁이가 됐단 말인가? 똑바로 말해 봐."

외삼촌은 닥터 신 아저씨에게, 현이와 철이가 자선 사업과 봉사 활동을 위한 자금 조달을 위해 점쟁이 아르바이트를 시작했다고 설명했다. 닥터 신 아저씨는 그거 참 재미있고 기특한 일이라면서 자기가 첫 손님이 되어 주고 싶다고 나섰다.

"철아, 손님이라곤 개미 한 마리 안 보이는 걸 보면 이 장사도 실패한 모양이야. 도대체 외삼촌은 선전 책임자 역할도 못하고 뭐하는 거야?"

"개시라도 해야 할 텐데 첫날부터 맥빠진다."

그때 외삼촌이 닥터 신 아저씨를 데리고 나타났다.

"애들아, 손님 모시고 왔다."

"어서 오세요, 매형."

"돈은 많이 벌었나?"

"아뇨, 아직요. 매형이 첫 손님이에요."

"그거 영광이구나. 점 한 번 보는 데 얼마냐?"

"복채가 좀 비싸요. 특별한 복채라서요."

"알고 있어. 각오는 하고 왔으니까. 말해 봐."

"일년 신수를 보든 평생 신수를 보든 손금, 해몽, 사주, 택일, 토정 비결……, 무엇이든지 일인당 만 원입니다."

"마, 만원이라고? 그건 너무했다."

"그러니까 특별한 복채라고 하잖았어요. 그 대신 잘 봐드릴 테니 한 번 보세요."

"속담에 아는 사돈이 더 한다더니, 이건 정말 너무했다. 조금만 깎자. 에누리 없는 장사가 어딨니?"

현이와 철이는 만 원 이하로는 절대 안 된다고 우겼으나, 닥터 신 아저씨가 그럼 관두겠다고 엄포를 놓는 바람에 할 수 없이 외삼촌과 같이 봐주고 만 원을 받기로 했다.

"이것도 다 개시 손님이니까 그렇게 해드리는 거예요."

"아무렴요. 그렇지 않고는 현이의 매형 아니라, 제 매형이었어도 안 되는 일이었어요."

"그래그래, 고맙다. 고마워."

점을 보는 건 주로 철이가 하기로 미리 약속을 해두었다. 아무래도 점쟁이 노릇은 철이가 제격이었다.

"소년 도사, 이번 손님들은 자네가 봐드리게."

"알았네, 아기 보살. 자넨 좀 쉬게."

소년 도사 철이가 외삼촌부터 보자고 했다.

"손님은 뭘 보시겠수?"

"금년 신수와 관상을 봐주시오."

"알겠소이다. 에헴. 얼굴을 보니 훤한 박처럼 생겼수. 밀양 박씨가 틀림없겠구려."

"놀돈이지. 내가 박가가 아니년 뭐게?"

"잠자코 듣기나 하슈. 금년엔 장가 가겠수. 신수에 그렇게 나와 있수."

"그거 꽤 잘 맞히는데. 그래서?"

"상대는 김씨겠소. 이름은 춘자고."

"하하하! 됐어. 아주 잘 맞아."

"그 아가씨 놓치지 마슈. 마음씨 곱고 살림 잘하고 얼굴도 그만하면 괜찮겠고……."

"괜찮은 정도가 아니라 절세 미인입니다. 미인. 하하하!"

"에이, 여보슈. 그 정도는 아닌데. 아무튼 올핸 운수 대통이우."

"하하하! 정말 소년 도산데. 아주 꼭 맞아. 족집게야."

"꼭 맞히기론 총알 아니면 화살이죠. 다음은 그쪽 손님, 이리 오슈."

닥터 신 아저씨는 손금을 보겠다고 했다.

"음, 어디 봅시다. 평산 신씨구려. 맞으면 맞는다고 하슈."

"맞소."

"직업이 칼을 든 일을 하겠구려."

"그렇소. 수의사요."

"아주 딱 알맞는 직업을 택했구려. 앞으로 그 길로 출세하겠소."

"나도 올해에 총각 딱지를 떼겠습니까?"

"음, 걱정 마슈. 나무에 물이 오르고 강물의 얼음이 풀리니, 새가 날아들고 꽃이 피어 좋은 일이 있을 거요. 그런데 그 처가집 되는 쪽에 처제들은 시시하지만 처남 하나는 끝내 주게 잘 두셨소이다. 앞으로 그 처남 덕을 톡톡히 보게 될 테니, 잘 해주구려."

"하하하, 요녀석이!"

닥터 신 아저씨는 손금에 현이까지 집어넣은 철이의 볼을 가볍게 꼬집으며 유쾌하게 웃음을 터뜨렸다.

따르르릉, 따르르릉!

"네, 슈퍼마켓입니다."

"아, 사돈 어른이시구려. 수고가 많으십니다."

"아니, 웬일이십니까? 전화로……."

"다름이 아니오라, 지금 막 애들 외삼촌한테서 연락이 왔는데, 댁의 철이와 우리 현이가 제법 장사를 잘한다는 기별이올시다."

"하하하, 그 녀석들 꽤나 능청스럽지요? 어쨌거나 뭘 해본다고들 그러니 갸륵하지 뭡니까. 뭔가 좀 도와 줘야겠는데요."

"그래서 의논 전화를 드린 겁니다. 아이들 격려도 할 겸, 온 식구가 한 번씩 차례로 손님이 되어 줄까 하는데 어떠신지요?"

"좋습니다. 대찬성입니다. 하지만, 애들이 장난스럽게 하는 점쟁이 노릇에 어른들이 모두 맞장구를 쳐 주기보단 복채만

거두어서 제가 대표로 다녀오기로 하지요."

"그것도 좋으신 생각입니다만, 그럼 너무 수고스러우시지 않겠습니까?"

"괜찮습니다. 별일 아닌데요, 뭐. 그럼 기다리고 있을 테니 들러 주시거나 제가 찾아가거나 하겠습니다."

"네, 아무튼 이따 저녁에 모여서 정하도록 합시다. 그럼……."

그날 저녁, 현이네 식구와 철이네 식구가 한자리에 모여 단체로 복채를 거둬 두 도사에게 기증했다. 그래서 소년 도사와 아기 보살은 개업 하루 만에 예상했던 것보다 훨씬 많은 돈을 벌었다. 기증식과 간단한 다과회가 끝나자, 현이는 철이와 함께 자기 방으로 갔다.

"과연 우리는 착하고 지혜로운 뼈다귀 영웅임에 틀림없어. 우리가 하는 일들은 매번 성공을 하잖아."

"그래, 맞아. 이건 하나님이 우리 뼈다귀 영웅들을 돕는 거야."

"하늘은 스스로 돕는 자를 돕는다!"

"하늘은 특히 스스로 돕는 뼈다귀 영웅들을 돕는다!"

이제야말로 현이와 철이가 할아버지 할머니들을 위해 본격적으로 무언가 할 수 있는 시기가 온 것이다.

현이와 철이는 머리를 맞대고 무슨 일로 할아버지 할머니들을 기쁘게 해드릴 것인지 의논을 시작했다.

책 기증 받는 방법

현이와 철이는 현재 가지고 있는 기금으로 노인들을 위한 이동 문고를 만들기로 했다. 방학이 얼마 남지 않았고 자금은 충분하니, 더 이상 미루지 않고 당장 시작하기로 했다.

하지만 책을 사들이는 데도 무턱대고 할 수는 없는 노릇이다. 동네 어른들이 무슨 책을 읽고 싶어하는지, 또 권장할 만한 책이 무엇인지를 충분히 검토한 뒤에 도서 목록을 작성해서 싼 값에 구입하는 길을 찾아보는 게 순서다.

현이와 철이는 식구들한테 저마다 적당하다고 생각하는 책을 추천 받음과 동시에 기증도 받는 것이 좋겠다고 의견을 모았다. 그리고 동네 어른들에게도 자기들의 뜻을 충분히 설명드린 다음에 각종 도서를 기증 받고, 그래도 모자라는 것을 보충할 때만 기금을 쓰기로 했다.

철이는 우선 춘자 누나에게 달려갔다.
"누나, 누나!"
"애가 왜 또 누나를 찾아? 겁나게시리."
"누난 동생이 누나를 찾는데 뭐가 겁이나?"

"그렇잖고. 니가 누나, 누나 하며 알랑거릴 땐 꼭 흑심이 있더라."
"아냐. 이번은 흑심이 아니라 선심이야."
"흑심이고 선심이고, 뭐가 있긴 있구나?"
"누나 있잖아, 마을 노인들을 위해 이동 문고를 만들 예정이거든. 근데 거기에 누나를 특별 회원으로 모실 테니까 기부 좀 해줘."
"애 좀 봐. 내가 벌써 니들 자선 사업에 얼마나 기부했는 줄 아니?"
"그건 알아. 그래서 모두에게 고맙게 생각하고 있지만, 이번엔 돈이 아니라 현물을 좀 내줬으면 좋겠어."
"현물이라니, 책 말이니?"
"응. 소일 거리가 없어서 심심해하시는 할아버지 할머니들을 위해 교양 서적 같은 거 몇 권이라도 괜찮아. 고무인을 새겨서 책에 찍고, 거기다 기증자의 이름을 쓸 거야. 나중에 누나가 현이 외삼촌하고 결혼해서 아이를 낳더라도, 그 아이에게 자랑할 수도 있고 말이야, 안 그래?"

철이가 아직 태어나지도 않은 자기 조카까지 들먹이며 열심히 설득했지만, 춘자 누나는 자기도 할 만큼은 성의를 보였으니 더 이상은 기부할 생각이 없다고 거절했다.
"좋은 일이라도 정도가 지나치면 주책이 되기 쉬운 거야."
"누나가 주책이 될 만큼 정도에 지나치게 좋은 일을 한 게 뭔지 난 모르겠는데?"
"뭐야?"
"아, 아니야. 나 혼자 한 소리야. 그러지 말고 누나, 폐품 이용하는 셈 치고 책 기증 좀 해주라."
"폐품 이용이라니? 너, 그걸 말이라고 하니? 책은 마음의 양식이고 인격 수양의 보물섬이야. 그런 책을 폐품 이용이라니, 말이나 돼?"
춘자 누나가 폐품 이용이란 말에 지나치게 흥분해서 설교를 하자, 철이도 질 수 없다는 듯 누나의 잘못을 꼬집었다.
"누나, 그럼 묻겠는데, 마음의 양식과 인격 수양의 보물섬을 엉덩이 밑에 깔고 앉아서 몸부림치는 것도 책을 위해서 그러는 거야?"
춘자 누나는 의자에다 백과 사전을 두 권이나 포개어 놓고 그 위에 앉아 있었다. 의자가 낮아서 하는 수 없이 깔고 앉은 거라고 변명하지만, 그건 이유가 안 된다.
그런데도 춘자 누나는 올렸다 내렸다 조절할 수 있는 의자를 사기 전에는 어쩔 수 없다고 도리어 큰소리다.
그러나 옆에서 춘자 누나와 철이가 주고받는 말을 듣고 있던 아버지가,
"춘자야, 이번 싸움에선 네가 진 것 같다. 내가 의자를 새 걸로 장만해 줄 테니 책을 기증해라. 나도 내가 재미있게 읽은 책 중에서 몇 권 내놓지. 노인들이니 아무래도 재미가

우선 아니겠냐."

하고 설득했다. 철이네 집에서는 성공이다.

"와! 아빠 최고! 고맙습니다."

그럴듯한 책들이 모이기 시작했다. 현이네 집에서는 아버지가 몇 권 기증했고, 이번에는 외삼촌을 설득할 차례다. 외삼촌은 이미 여러 번 못하겠다는 태도를 밝혔지만 그렇다고 물러설 현이가 아니다.

"도대체 기증을 못하겠다는 이유가 뭐죠?"

"이유야 벌써 몇 번이나 말했잖니. 학자는 일단 제 손에 들어온 책은 내놓지 않는 법이야. '매서 불매절'이라고 했어. 하는 수 없이 지조를 팔아먹게 되는 다급한 처지에서만 책을 팔아도 괜찮다는 뜻이지. 그 전에는 책을 고이 모셔 두고 신성하게 취급해야 하는 거다. 이게 선비의 도리지."

"말은 그렇게 잘하시지만, 외삼촌은 책을 별로 신성하게 취급하는 거 같지도 않던데요."

"내가 뭘 어쨌길래?"

"조금 아까까지도 베개 대신 베고 누워 있었던 게 책이 아니고 뭐예요."

"그거야, 책이란 자꾸 보고 읽어서 머릿속에 집어넣어야 하는 거니까 되도록이면 머리하고 가까운 데 놓아 두는 게 좋아서 그런 거지, 내가 뭐 책을 함부로 다루어서 그런 건 아니야."

"힝!"

현이에게는 외삼촌의 말이 구차한 변명으로밖에는 들리지 않는다.

"책을 베고 누워 하나 둘 셋 기합을 넣으면 그 두꺼운 책 속에 깨알 같이 씌어 있는 글자들이 죄다 머릿속으로 쏙 들어가나 보지요? 아무튼 외삼촌은 굉장히 책을 고이 모셔 두는 것 같네요."

현이가 이렇게 외삼촌을 비아냥거렸지만 외삼촌은,

"현아, 너는 지금 그 말로 날 곯려 줬다고 착각하는 모양이다만, 사실은 그렇지가 않아."

하고 아무렇지도 않은 듯 말을 이었다.

"네 어머니처럼 높은 데 있는 걸 내릴 때 발판 삼아 책을 놓고 올라서는 건 있을 수 없는 일이지만, 책을 베고 누운다거나 머리를 대고 물구나무서기를 하는 일 따위는 충분히 양해하고도, 아니, 권장하고도 남을 일이라고 생각한다."

현이는 외삼촌의 이 말도 순 억지라고 생각했다.

"그렇고말고요. 비듬이 있는 머리의 받침대나 굄돌을 삼는 건 발로 밟는 것보단 퍽 나을 테지요. 철이는 자기 누나한테 책을 많이 기증받았다던데 외삼촌은 겨우 그 정도군요. 알았어요. 그만두세요."

"뭐!? 준자 씨가 책을 기증했다고?"

"물론이죠. 그런데 왜 그렇게 놀라세요?"

"그, 그럼 나도 해야지. 물론 해야 하고말고……."

현이는 쓸데없이 괜히 오래 이야기했다고 생각했다. 처음부터 춘자 누나의 기증 소식을 먼저 꺼냈으면 될 텐데 말이다. 외삼촌의 학자가 어떻고 하는 이론도 춘자 누나 앞에서는 아무 소용도 없는 모양이다. 어쩌면 저렇게 춘자 누나라는 말 한 마디에 사람이 홱 달라질 수 있는 건지 현이는 정말 신기하기만 했다.

현이는 외삼촌에게 노인들이 읽을 만한 책으로 10권 정도 골라 놓으라고 부탁한 다음, 숙이 누나 방으로 갔다.

"숙이 누나, 책 열 권만 줘."

숙이 누나한테는 아예 책의 권수까지 정해 주며 책을 요구했다.

"애 좀 봐. 정말 보자 보자 하니까 끝이 없어. 너 돈 많은데, 그 돈으로 책 안 사고 뭐할 거니? 아주 꿩 먹고 알 먹을 작정인가 봐."

"에이, 누난. 그 돈이 어떤 돈인데 헤프게 써? 책을 사는 게 대수가 아니라, 아껴 쓸 수 있으면 아껴 쓰는 게 좋잖아. 그러지 말고 좋은 일 하는 김에 한 번만 더 해."

"싫어, 애. 다른 데 가서 알아봐."

"왜 그렇게 인색해?"

"어머머, 인색하다니? 나도 지금까진 기부금 낼 거 다 냈다. 애."

"아니면 의식 수준이 문제든지."
"의식 수준이라니?"
"그렇잖고. 뜨거운 주전자나 냄비 받침으로는 쓸 책이 있어도 노인들을 위한 이동문고에 기증할 책은 없다, 이 말 아니야? 어휴, 이제 봤더니 숙이 누나도 별 도리 없는 여자야. 그런 줄도 모르고 닥터 신 아저씨 말을 너무 믿은 내가 잘못이지."
"닥터 신이 뭐라고 그랬는데?"
"내가 가서 책 기증에 대해 의논했더니, 숙이 누나한테 가서 부탁하면 들어줄 거라고 했어. 그 말을 믿고 찾아온 내가 바보지. 뭐? 숙이 누나가 마음씨가 곱고 스케일이 크고 또 남을 가엾이 여기는 마음이 커서 부탁하면 틀림없이 들어줄 거라고 그랬는데, 이게 뭐야. 진짜 실망이다. 실망!"
현이의 말에 숙이 누나가 반색을 하며 달려들었다. 외삼촌에게 통했던 수법이 숙이 누나에게도 쓰여지는 순간이다.
"닥터 신이 정말 그랬어? 내가 마음이 곱고 스케일이 크고 남을 가엾이 여기는 마음이 크다고? 호호호! 닥터 신, 정말 사람 볼 줄 안다. 내가 정말 그런 사람 아니니."
"천만에. 매형이 잘못 본 거야."
"잘못 본 거라니?"
"그렇잖아? 정말은 속이 꽉 막혀서 답답하고 앙칼지고 성깔 있고 잔인하고 그런 줄을 모르나 봐. 내가 한 번 설명해 줘야겠어."

"어머머! 앤 별 소리를 다 하는구나. 내가 농담으로 그저 슬쩍 한번 해본 말이지, 책을 안 줄 리가 있니? 좋은 일에 쓰겠다는데. 열 권이든 스무 권이든 필요한 만큼 가져가."

현이는 정말로 숙이 누나가 마음씨 곱고 스케일이 커 보였다. 그 무엇이 숙이 누나를 이렇게 만들어 놓았는지는 모르겠다.

도서 수집에 성공한 현이와 철이는 외삼촌에게 책을 넣어 가지고 다닐 책꽂이 겸 책 수레를 만들어 달라고 부탁했다. 증기 목욕통을 만드는 실력이라면 책꽂이 겸 책 수레쯤이야 아주 간단한 일일 것이다.

그렇게 함으로써 외삼촌은 뿌다귀 영웅들의 사업에 또 한 번 고문 노릇을 톡톡히 하게 된 것이다. 참으로 든든하고 믿음직스러운 후견인이 아닐 수 없다.

현이와 철이는 이번 봉사 활동에 어깨가 무겁다. 집안 식구들뿐 아니라 동네 어른들도 기대가 이만저만이 아니기 때문이다.

"현이야, 이리 좀 나와 봐라."

외삼촌이 책꽂이 겸 책 수레를 완성해 놓고 현이를 불렀다.

"와! 근사한데요, 외삼촌."

"이 정도면 책 아니라 피아노를 담아 가지고 다녀도 끄떡

않을 만큼 튼튼하다. 어떠냐, 내 솜씨가?"
 외삼촌은 자기가 아니면 이렇게 훌륭한 책꽂이 겸 책 수레는 못 만든다며 자랑이 여간 아니다.
 현이는 철이를 불러, 그간 모아 두었던 책들을 정리해서 외삼촌이 만든 책꽂이에 꽂았다. 책을 다 꽂아 놓고 보니, 여느 이동 도서실 못지않게 훌륭해 보였다.
 책꽂이 겸 책 수레는 네 밑 귀퉁이에, 의자 다리에 다는 바퀴가 달려 있어 운반하기 좋게 되어 있고, 밀고 끌기에 편하도록 양쪽에 손잡이가 달려 있었다.
 모든 준비가 끝나자, 현이와 철이는 오늘부터 당장 시작하겠다며 노인정을 향해 책 수레를 끌고 갔다.

놀부 형제의 심술

 지난번 스케이트장에서 현이와 철이에게 시비를 걸었던 광식이는 그 뒤로도 틈만 나면 나타나서 현이와 철이가 하는 일에 훼방을 놓았다. 광식이 혼자라면야 신경 쓸 것도 없지만, 광식이는 꼭 자기 둘째형인 윤식이를 앞세우고 나타났다.
 광식이네는 아들만 삼형제다. 그러니까 지난번 스케이트장에서 현이, 철이와 싸운 고등학생은 광식이의 큰형이고, 윤식이는 둘째형으로 중학생이다.
 동네 할아버지 할머니들이 노인정에 모여 책을 빌리고 있는데, 두 형제가 또 나타나서는 자기네들도 책 좀 빌리자고 거들먹거렸다.
 현이와 철이가 아는 척도 않자, 광식이는 사람 말이 말 같지 않냐면서 따지고 들었다. 할아버지 한 분이 보다 못해,
 "여긴 노인네들 책 빌리는 곳이여."
 하자, 윤식이가 어린 사람은 책도 못 빌리는 법이냐고 버르장머리없이 대들었다.

"이녀석 말버릇 좀 보게. 이건 노인 문고라 이 말이여. 니들 읽을 만한 책은 없어."

그제야 윤식이는 안 되겠다 싶었는지,

"그런 게 아니라요, 우리 할머니 할아버지가 빌려 오라고 하셨어요. 할아버진 괜히 알지도 못하시면서……."

하고 말을 돌렸다. 현이가 그 말을 듣고 잘라 말했다.

"책이 아무리 많아서 남아 돌아도 형하고 광식이한테 빌려 줄 건 없어."

"뭐라고? 너 말 다했어?"

사태가 심상치 않자, 그 낌새를 눈치 챘는지 메리가 광식이네 형제를 보고 짖어댔다. 현이는 할아버지 할머니들에게 보여드리기 위해 메리를 데리고 나왔던 것이다.

"요 쥐새끼 같은 강아지는 왜 짖고 난리야. 혼 좀 나 볼래?"

"광식이 니 인상이 고약하니까 우리 메리도 알아보는 거야."

현이의 말에,

"메리, 메리. 네가 참아라. 상대하지도 마. 메리, 착하지."

하고 철이가 메리를 어르며 광식이네 형제를 약올렸다.

"흥, 어디 마음대로들 지껄여 봐. 나중에 후회하게 될 테니."

광식이 형제는 씩씩거리며 돌아갔다.

현이와 철이는 깔깔대고 웃었다.

"어여 책이나 빌려 줘. 그렇게 웃다 허파에 구멍 뚫어지겠다."

할아버지 한 분이 책을 골라 들고서 현이들더러 도서 대출증에다 기록하라고 재촉했다.

"네, 네. 할아버지 죄송합니다."

그날은 20권의 책이 대출되었다.

그리고 메리의 인기는 예상했던 것보다 훨씬 컸다. 대부분의 할아버지 할머니들이 치와와를 처음 보는지, 뭐 요렇게 쪼끄만 개가 다 있냐면서 신기해 했다.

현이와 철이는 노인정에서 돌아오는 길에 광식이 형제네 별명을 지어 주었다.

놀부 형제!

참 걸맞은 별명이라고 만족해 하며 이동 도서실을 끌고 걸어오는데, 호랑이도 제 말 하면 온다더니 놀부 형제가 저만큼 앞에서 서성거리고 있는 게 눈에 띄었다.

그런데 개를 한 마리 데리고 있었다. 아마 아까 노인정에서 심술을 부리다가 돌아가더니 집에 가서 개를 끌고 나온 모양이었다.

"야, 저건 동네에서도 사납기로 유명한 개야."

"개를 시켜서 우리한테 보복을 하려는 게 아닐까?"

보복을 걱정하는 현이의 짐작대로, 광식이 형제는 현이와 철이를 보더니 기다렸다는 듯이 다가왔다.

현이와 철이는 재빨리 의논했다.

"철아, 만약 저 사나운 개로 공격해 온다면 우리도 비상수단을 쓰는 수밖에 없어."

"어떻게?"

"마침 여기가 내리막길이니까 놀부 형제가 다가와서 시비를 걸면 적당한 때를 봐서 이 이동 도서실을 굴리는 거야."

"그리고?"

"그리고 놀부 형제들이 주춤하는 사이에 저 집 대문 안으로 달려들어가자."

"알았어."

큰 개가 다가오니까 메리가 짖기 시작했다. 그 소리에 놀부 형제네 개도 으르렁거렸다.

"광식아, 너 어쩌려고 그래? 그 개 데리고 빨리 지나가."

"네가 뭔데 우리보고 지나가라 마라 명령이야? 자식들 건방지기 짝이 없어."

"우리 메리가 겁을 내니까 그렇지."

"얌마, 니네 똥개가 저러는 건 동물 세계의 자연 현상이야."

그러면서 놀부 형제는 자기네가 데려온 개에게 공격 명령을 내렸다.

"가서 물어! 물어!"

그와 동시에,

"철아, 굴려!"

우르릉!

이동 도서실이 놀부 형제를 향해 쌩 하고 굴러 내려가고, 현이와 철이는 옆집 대문 안으로 뛰어들어갔다.

"그래서 그 집에서 전화를 건 거구나."

"네, 어쩔 수 없었어요. 그 큰 개가 대문 앞에 떡 버티고 앉아 도무지 갈 생각을 해야지요. 그래서 할 수 없이 외삼촌에게 구조 요청을 한 거예요."

"제 아무리 뿌다귀 영웅이라도 큰 개한테는 어쩔 수 없었나 보지?"

"외삼촌은 뭐가 재밌다고 웃으세요? 철이와 난 십 년 감수 했다고요. 메리도 어지간히 놀랐나 봐요. 아까 집에 들어올 때까지도 벌벌 떨던데……."

"하긴 그 쪼끄만 게 놀라긴 꽤 놀랐을 거다."

"이동 도서실은 말짱하죠?"

"그래. 아까 살펴보니 다행히 부서진 덴 없더구나. 책도 다 그대로 있고."

집에 와서 현이에게 사정 설명을 들은 외삼촌은 현이의 기분은 아랑곳없이 뭐가 우스운지 자꾸 웃음을 터뜨렸다.

현이는 닥터 신 아저씨를 만나서 큰 개 다투는 법에 대해 강의를 들어야겠다고 생각했다.

가족 체육관을 만들다

"어, 춥다!"

현이는 지하실 문을 열고 들어서며 춥다는 소리부터 했다.

"춥기는 뭐가 춥다고 그래. 춥다 춥다 하니까 더 추운 거야."

"그럼 외삼촌은 추운데 덥다고 그래요? 추운 걸 춥다고 하는 게 정직한 거지."

외삼촌은 현이의 항의에,

"철이도 현이처럼 생각하니?"

하고 철이의 의견을 물었다.

"네, 현이하고 의견이 같아요."

"그럼 한 가지 묻겠는데, 춥다 춥다 하면서 광고하고 선전하고 홍보 활동 하고 다니면 추운 몸이 별안간 후끈 달아오르냐?"

"그런 건 아니지만……."

"겨울에 추운 건 자기가 따로 설명하지 않더라도 누구나

다 함께 느끼는 감각이야. 그렇게 볼 때, 춥다 춥다 하는 건 남자답지 못한 앙탈에 불과해. 자신의 감각 기능이 완벽하다는 걸 남에게 애써 선전하는 게 아니라면 말이야."

"그럼 역시 덥다고 생각하라, 이 말씀이군요."

"반드시 그런 건 아니야. 덥다니 춥다니 그런 말이 필요가 없다는 거지. 단지 각자 이겨내라는 거야. 이겨내는 방법은 여러 가지가 있겠지. 그중에 이열치열, 이이제이, 이독제독. 즉 더위로써 더위를 물리치고, 오랑캐로써 오랑캐를 막고, 독을 가지고 독을 제거한다는 말이 있듯이, 추위로써 추위를 극복하는 방법도 있지."

현이와 철이는 외삼촌의 지루한 강의가 또 시작되려는가 보다 싶어 한숨을 내쉬었다.

"앗!"

외삼촌은 갑자기 기합을 넣어, 현이와 철이를 놀라게 했다.

"바로 이거라고. 얏! 이 기합이 중요한 거야. 남자다움의 상징, 강인한 결의와 각오, 그 모든 게 이 기합 속에 들어 있지."

그러면서 외삼촌은 '나는 추위도 춥다고 안하는 사람이다. 내 입에서 춥단 소리 나오는 걸 한 번이라도 들어 본 사람에겐 한턱 톡톡히 내겠다'고 뽐냈다.

"열심히 일을 하면 땀이 나기 마련인데, 니들은 몸을 움츠리고 춥다는 소리만 하니까 그렇게 약골들이지. 나를 봐라. 불덩이를 삼킨 듯 열이 확확 난다."

 현이와 철이는 외삼촌을 골탕 먹이기 위해 지하실의 문이란 문은 죄다 활짝활짝 열어 놓았다.

 "어? 니들 왜 그러냐?"

 "외삼촌이 덥다 덥다 하니까 저희까지 더워서요."

 "매형의 가슴 속에 불덩이가 있다면서요? 매형이 활활 타기 전에 좀 식혀야지요."

 "응, 그러냐? 잘했다. 그렇지 않아도 문을 좀 열라고 할 참이었다."

 한참을 그렇게 있었다. 현이와 철이는 몹시 추웠으나, 외삼촌 입에서 춥다는 소리가 나올 때까지 참기로 했다.

 그 대신 현이와 철이는 석유 난로 옆에 딱 붙어 있고, 외삼촌은 차마 그러지 못했다. 이제 외삼촌 입에서 춥다는 말이 나올 만한데, 외삼촌은 시원해서 괜찮다고 딴전을 부린다.

 이때, 춘자 누나가 쟁반을 들고 들어왔다.

 "춘자 씨, 그게 뭡니까?"

 제일 반갑게 맞이하는 사람은 역시 외삼촌이다.

 "일하시는데 춥고 시장하실까봐 국수를 삶아 왔어요."

 외삼촌과 현이와 철이는 철이네 집 지하실을 체육관으로 꾸미고 있는 중이었다.

철이의 소원대로, 춘자 누나가 현이 외삼촌에게 시집 가서 사는 게 아니라 현이 외삼촌이 춘자 누나에게 장가 와서 철이네 집에서 살기로 결정이 되었다. 그래서 철이 아버지의 제의로, 지금까지 현이와 철이의 창고로 쓰이던 지하실이 가족 체육관으로 꾸며지고 있는 것이다.

"국수 좋죠. 그 냄비에 들었습니까?"

"네. 그런데 창문을 왜 활짝 열어 놨지? 닫아라, 얘. 춥다."

"냄새 좀 빠지라고 일부러 열어 놨어요, 누나."

"냄새? 흠, 흠. 아무 냄새도 안 나는데?"

"그렇게 맡는 냄새가 아니라요, 허세라는 냄새예요. 이 지하실이 더워서 못 견디겠다는 분이 계시거든요."

"에헴! 더워서 못 견딘다고는 안했어. 하지만 추위 따위는 얼마든지 견딜 수 있다는 거지."

춘자 누나도 알아들었다는 듯이,

"그랬니? 그럼 박선생님에겐 냉면을 만들어 드릴걸 그랬지?"

하고 맞장구를 치며 외삼촌을 놀렸다. 그제야 외삼촌은,

"철아, 문 닫아라. 난 괜찮은데 춘자 누나가 춥겠구나."

하고 춘자 누나 핑계를 대며 문을 닫으라고 했다.

지저분하던 철이네 지하실 창고는 세 사람의 수고 끝에 며칠 후 훤한 체육관으로 둔갑했다.

닥터 신 아저씨는 체육관을 둘러보더니, 이것도 여자들이

가족 체육관을 만들다 229

화장하는 것과 다를 바 없다고 한 마디 했다.

"매형, 숙이 누나가 화장해서 꾸미는 거 말이죠?"

"아니, 숙이 씨는 화장 같은 거 안해도 충분히 미인이야."

"근데 왜 맨날 화장대 앞을 떠날 줄 모르지요?"

"숙이 씨가 그러냐?"

"모르셨어요? 하루 스물네 시간 중에 열두 시간은 얼굴 다듬는 데 쓸걸요."

"흠, 그래……?"

닥터 신 아저씨는 심각하게 고개를 끄덕이며 생각에 잠겼다.

체육관이 완성되자, 누나들은 도복을 만들기 시작했다.

"니네는 뭣들을 하느라고 그 야단 법석이냐?"

누나들이 수선스럽게 나대는 것을 보고 할머니가 궁금해했다.

"보시면 모르세요? 바느질하는 거잖아요."

"바느질하는 건 아는데, 무슨 옷이 그렇게 모양머리가 없어? 포개고 누비고. 소방대 옷이냐?"

"호호호, 할머니도. 소방대하고 우리가 무슨 상관이 있어요? 이건 도복이에요."

"도복이라니, 도포?"

"유도복, 검도복, 태권도복, 합기도복……. 왜 많잖아요."

명이 누나가 도복에 대해서 설명하자, 할머니는 여자들이 꽤나 웃기는 일을 하고 있다면서 혀를 끌끌 찼다.

"여자가 뭣 좀 만들겠다고 마음먹었으면 화관 족두리나 원삼 활옷이라든지 하다못해 버선을 깁는 게 옳지, 달구지 꾼 중치막 같은 누더기를 만드는 게 뭐냐 그래."

"할머니, 헷갈리게 하지 마세요. 시간 없단 말이에요. 체육관 개관식 시간이 거의 다 됐거든요."

할머니는 그래도 못마땅한 듯 그 바느질이 왜 그리 거치나는 둥, 마름질한 게 그게 뭐냐는 둥 참견을 하더니,

"에구 참, 내 정신 좀 보게."

하고 방에서 나갔다. 그리고 얼마 후에 어머니가 할머니를 찾았다.

"애들아, 할머니 어디 계시니?"

개관식 시간이 되어 다 모였는데 할머니 모습만 안 보이는 것이다.

"니들 할머니 못 뵈었어?"

아버지도 초조하게 할머니의 행방을 물었다.

"잘 모르겠는데요. 아까까진 저희가 도복 만드는 걸 참견하셨는데……."

"노인 대학엘 가셨나? 개관 시간이 다 되어 가는데."

그때 할머니가 최주사 할아버지와 함께 나타났다. 또 데이트를 하신 모양이다.

"어머님, 빨리 이 장갑 끼세요."

"장갑을? 그거 희한하구나. 장갑이란 집에서 밖으로 나갈 때 끼는 거지, 나갔다가 들어온 사람더러 장갑을 끼라고?"
"네, 그렇게 하는 법입니다. 그리고 이 가위를 드시고요."
"가위? 엿장수처럼 가위는 왜?"
"철이네 집에 가서 체육관 개관 테이프를 끊으셔야지요."
"그게 뭐냐?"
"가 보시면 아시게 됩니다."

현이네 식구들은 서둘러 철이네 집으로 갔다. 체육관으로 꾸며진 지하실에서는 철이네 식구들과 외삼촌이 개관 준비를 끝내고 현이네 식구들이 오기만을 기다리고 있었다. 닥터 신 아저씨의 사회로 개관식이 거행되었다. 일동을 대표하여 할머니, 현이 아버지, 철이 아버지, 현이 외삼촌, 춘자 누나, 현이, 철이가 오색 테이프를 끊었다.

모두 자리에 앉자,
"다음은 박창호 관장의 인사 말씀이 있겠습니다."
하며 닥터 신 아저씨가 외삼촌의 인사말 순서를 알렸다.
외삼촌은 엄숙한 몸가짐으로 앞으로 걸어 나오더니, 차려 자세로 말했다.
"신사 숙녀 여러분, 본인은 다만 커다란 감격을 금치 못하고 있습니다. 형식적이고 규격적인 것은 일체 생략하겠습니다. 그것이 곧 본 체육관의 정신이기도 합니다. 출발에 앞서서 성심 성의껏 아낌 없는 지원을 해주신 장인 어른과 매형께 심심한 감사를 드립니다. 이 체육관에서 닦아질 기능은 어떤 공격이나 방어를 위한 것이 아니라 정신 단련에 그 목적이 있다는 것을 마지막으로 밝히며, 인사말을 대신하겠습니다."

짝짝짝!

박수 소리가 체육관 안에 울려 퍼졌다.

외삼촌의 인사말이 끝나자, 체육관의 이름을 짓는 문제가 거론됐다.

외삼촌이 관장이니까 박창호의 '호'자와 자기의 '춘'자를 합쳐서 〈춘호 체육관〉이 어떻겠냐는 것이 춘자 누나의 의견이었다. 현이 아버지는 현이네 집안의 성인 '이'자와 철이네 집안 성인 '김'을 따서 〈이김 체육관〉이 좋겠다고 했다.

"그리고 이김 체육관은 승리의 뜻이 들어 있으니까 좋지 않습니까."

그러나 숙이 누나는 〈요숙 체육관〉, 다른 두 누나는 〈명옥 체육관〉, 현이와 철이는 〈뿌다귀 체육관〉이 좋다고 내세웠다. 할머니도 빠지지 않고 〈금복 체육관〉이 제일 듣기 좋다고 주장했다.

서로 조금도 물러서지 않고 주장하는 바람에 체육관 이름 짓는 일은 뒤로 미루기로 했다.

닥터 신 아저씨가 자리에서 일어나 입을 열었다.

"그럼 다음은 벽창호 관장의……"

"뭐? 벽창호?"

닥터 신 아저씨의 말 실수에 가족들이 모두 까르르 웃었다. 당사자인 외삼촌과 춘자 누나만 빼고.

"아, 실례했습니다. 박창호 관장의 호신술 시범이 있겠습니다."

외삼촌은 앞으로 나가더니 누구든지 사양 말고 나오라고 했다.

"어느 방향에서든지 맨손으로 공격만 해오면 됩니다. 그럼 제가 유도가 아닌, 저 나름대로 개발해 낸 호신술의 방법으로 방어해 보이겠습니다. 이 호신술은 특히 앞으로 여자 분들에게 치한 방어용으로 가르쳐 드릴 예정입니다."

그러자 모두들, 옛날에 태권도 도장에 다닌 적이 있는 춘자 누나더러 한번 나가 보라고 추천을 했다.

"아이, 제가 어떻게……."

춘자 누나는 몹시 부끄러워했으나,

"지망자는 김춘자 양입니다. 자, 앞으로 나오십시오."

하고 외삼촌은 반가워했다.

춘자 누나는 하는 수 없이 모두의 박수를 받으며 앞으로 나갔다.

"괜찮을까요? 살살 부탁해요."

춘자 누나가 걱정을 하며 부탁하자,

"염려 놓으십시오. 제가 설마 춘자 씨를 거칠게 다루겠습니까. 하지만 춘자 씨는 사양말고 공격해 오십시오."

외삼촌은 미래의 부인을 안심시켰다.

춘자 누나가 태권도 기본 자세를 취하더니 '얍!'하고 기합을 넣으며 공격을 했다. 춘자 누나의 날카로운 공격에 외삼촌은 주춤주춤 뒤로 물러섰다.

춘자 누나의 태권도 솜씨는 정말 보통이 아니었다. 역시 유도 사범의 약혼자다웠다.

그런데 외삼촌이 계속 물러서기만 할 뿐 도무지 맞서려 하지 않자, 닥터 신 아저씨가 시범을 중지시켰다.

"동작 그만! 아무래도 남녀간의 대결인 데다가 두 분이 약혼을 한 사이라 박창호 관장이 실력을 충분히 발휘하기가 어려운 모양입니다. 춘자 씨는 들어가시고, 누구 남자 분께서 나와 주셨으면 하는데요……."

아무도 나갈 생각을 않자, 닥터 신 아저씨가 현이와 철이를 지명했다. 현이와 철이가 앞으로 나가자, 아이 둘 가지곤 너무 딸릴 것 같다며 옥이 누나도 따라 나왔다.

3대 1의 대결이 된 것이다.

"공격!"

현이와 철이가 옥이 누나와 함께 우격다짐으로 한꺼번에 덤벼들자, 외삼촌은 힘 한번 제대로 쓰지 못하고 '어!'하는 소리와 함께 쓰러져 버렸다.

쿵!

가족 체육관을 만들다 235

코끼리가 넘어졌으니 체육관이 흔들릴 지경이다.
춘자 누나가 사색이 되어 달려오고, 현이와 철이는 원, 투, 쓰리……, 카운트 다운을 시작했다.
구경을 하던 최주사 할아버지가 침을 놓아야겠다고 하자, 외삼촌은
"전 아무렇지도 않습니다. 가만히 누워 있는 것도 제가 발명해 낸 호신술의 일종입니다."
하고 사람들을 웃겼다.
그러자 그때까지 마땅치 않은 얼굴로 앉아만 있던 할머니가,
"에이, 답답하다. 내가 시범을 한번 보일 테니 다들 앉아서 구경이나 하거라."
하고 벌떡 일어났다.
"아니, 어머님이요?"
"할머니가 호신술 시범을 보이시겠다고요?"
"너희들, 내가 늙은이라고 무시하는데, 나라고 호신술 시범을 못 보일 게 뭐냐? 하지만 호신술 시범은 다음으로 미루고 지금은 화관무 시범을 보이겠다."
식구들이 모두 좋다고 박수를 치며 환영의 뜻을 표했다.
"옥이는 내 방에 가서 색동 치마 저고리에 족두리를 가져오너라. 그리고 내 경대 위에 화관부 음악 테이프가 있으니 그것도 가져오고."

곧이어 할머니의 화관무 복장이 갖추어지고, 녹음기도 들여왔다.

"그럼, 내가 시범을 보일 테니 너그러이 봐주게나. 현이 외삼촌은 너무 섭하게 생각지 말고."

"아, 아닙니다. 별 말씀을."

"하긴 뭐 체육 도장이나 무도장이나 그게 그거 아니겠나."

할머니의 화관무로 체육관 개관 기념식 분위기는 더욱 고조되었다.

뿌다귀 영웅 화이팅!

오늘은 중학교 배정일. 바야흐로 컴퓨터가 어느 중학교에 갈 것인가를 정해 주는 날이 온 것이다.

현이는 물론, 아버지 어머니도 무척 궁금해 하며 '좋은 중학교에 가야 할 텐데'하고 걱정이다. 그런데 정작 한창 떠들고 다녀야 할 외삼촌은 너무 조용하다. 지난번 체육관 개관식 사건 이후로 너무 의기소침해 있는 것 같았다. 아버지와 어머니도 이것을 눈치 채고 있었다.

"여보, 창호 말인데요."

"처남이 왜?"

"그날 그 일이 있고부터는 저렇게 풀이 죽어 가지고 밥도 잘 안 먹고 두문불출이니 정말 큰일이에요. 기운을 북돋워 줄 무슨 방법이 없을까요?"

"그까짓 걸 가지고 왜 그러는지 모르겠네."

"그까짓 것이라뇨? 여자에게, 더구나 제 약혼자에게 봉변을 당하고, 또 애들한테도 그랬으니 체면이 말이 아니지요. 거기다 덩치는 오죽 커요. 명색이 운동 선수라는 게 다들 보는 앞에서 그 꼴을 당하고도 아무렇지가 않겠어요? 아마 속으론 죽고 싶을 거예요."

"아따 참! 누나나 동생이나 똑같군. 어쩌면 그렇게 한쪽이 덜되지도 않고 더되지도 않았담."

"아니, 당신 그게 무슨 말씀이세요?"

"처남만 운동 선수요? 춘자 양도 운동 선수라고. 게다가 둘은 종류가 다른 운동 선수라 그럴 수도 있는 거야. 상대가 여자라고 얕잡아 보고서 큰소리 친 건 실수지만, 약혼자니 오히려 다행이지 뭘 그래."

"약혼자라서 다행이라니, 무슨 심보가 그러세요?"

"그렇잖소. 몸집은 크면서 여자 같은 성격의 처남과, 겉은 요조숙녀지만 성깔이 남자 못지 않은 춘자 양과 부부가 되면 그야말로 천생 배필, 잘 어울리는 한 쌍이지."

"창호가 여자 성격이라는 말은 내 또 처음 듣네······."

아버지 말대로 천생 배필인지 아닌지는 잘 모르겠으나 현이가 보기에도, 개관식 일이 있고부터는 외삼촌과 춘자 누나가 옛날처럼 자주 만나는 것 같지 않았다. 아무래도 서먹서먹한가 보다.

철이 말에 의하면, 춘자 누나도 철이 아버지한테 호되게 꾸지람을 들었다고 한다. 남편 될 사람을 그렇게 공격해댔으니 주눅이 들지 않았겠느냐며, 지금쯤 외삼촌이 약혼한 것을 크게 후회하고 있을 거라고까지 했다는 것이다.

현이와 철이는 이 일은 자기네들이 처리할 문제라고 생각했다. 그러나 일단은 학교에 가서, 어느 중학교에 가게 되나를 알아보고 오는 것이 급선무다.

"학교에 다녀오겠습니다."

"오냐, 잘들 다녀오너라. 정신 바짝 차리고."

현이는 아까부터 기다리고 있던 철이와 함께 대문을 나섰다.

"현아, 오늘은 정신 차리는 거하곤 상관없잖니?"

"그러게 말이야. 운이 좋아야 할 텐데······."

"우리가 같은 중학교에 돼야 할 텐데, 그치?"

"꼭 같은 중학교에 될 거야. 너랑 나랑 떨어질 리가 있나?"

"그래도 모르는 일이지 뭐. 그리고 광식이랑은 멀리 떨어진 학교에 배정받았으면 좋겠어. 만약 같은 중학교에 간다면······. 으휴, 생각만 해도 끔찍하다. 그 심술을 어떻게 보냐?"

"난 광식이랑 같은 학교 되는 것보다 윤식이 형이 다니는 중학교에 떨어질까 그게 더 걱정이다."

"하긴 그것도 그렇다."

"하는 수 없지. 운명에 맡기는 수밖에."

"아, 컴퓨터님! 제발 이렇게 비나이다."

철이가 컴퓨터님을 찾으며 애타게 기도를 하자,

"아, 사람이 만들어 놓은 기계에다 운명을 맡겨 놓은 이

인간의 가련함이여!"
 하고 현이가 장단을 맞추었다. 그러자 철이가,
 "그래 맞아. 기계 따위에다 운명을 맡긴다는 건 우스운 일이야. 역시 사람이 믿을 수 있는 건 자기 자신과 이 주먹뿐이야. 비록 지금은 고사리 같은 알량한 주먹이지만 말이야."
 하고 어른스럽게 말했다.
 현이와 철이는 학교에 가는 동안 이번 겨울 방학을 돌이켜 보았다. 꽤나 즐거운 방학이었는데, 초등학교 마지막 방학이라고 생각하자 더욱 섭섭했다.
 학교에 도착해 보니, 벌써 많은 친구들이 옹기종기 모여서 이야기를 나누고 있었다. 현이와 철이는 행운을 빈다는 인사를 나누고 각자 자기 교실로 들어갔다.
 그리고 각반 담임 선생님이 한 사람씩 이름을 불러 배정 학교가 적힌 쪽지를 나누어 주었다. 현이는 연천중학교였다.
 현이는 종례를 마치자마자 철이네 교실로 뛰어갔다. 뒷문으로 철이가 나오는 게 보였다.
 "철이야, 어느 학교니?"
 "넌?"
 "너부터 말해. 내가 먼저 물어 봤잖아."
 "연천! 넌?"
 "우와! 나도!"
 현이와 철이는 환성을 지르며 펄쩍펄쩍 뛰었다. 이 세상에 태어나서 지금 이 순간보다 더 기쁜 날은 없었다.
　그러나 기쁨도 잠시, 연천중학교는 놀부 형제인 윤식이 형이 다니는 학교였다.
　"그까짓 것 겁내지 않아도 돼. 우리가 실력을 기르면 되지 뭐. 이제부턴 아침마다 조깅도 하고 체력을 기르는 것뿐이야."
　"좋았어! 니네 외삼촌한테 유도도 배우자."
　"그것보단 니네 춘자 누나한테 태권도를 배우는 게 더 나을 것 같은데."
　"뭐야? 그러다 우리 누나 정말 니네 외삼촌한테 시집 못 가게?"
　"그럼 안 되지."
　이제 남은 일은 외삼촌과 춘자 누나 사이를 옛날처럼 되돌려 놓는 일이다. 현이와 철이는 그까짓 일이야 누워서 식은 죽 먹기보다 더 쉬운 일이라고 생각했다. 뿌다귀 영웅들한테 불가능한 일이란 있을 수 없기 때문이다.
　"야, 우리 체육관까지 누가 먼저 가나 시합하자."
　"좋았어. 그리고 체육관에 가거든 한 판 붙는 거야."
　"좋아. 꾀에는 현이 너한테 지지만, 씨름에는 자신 있어."
　"정말?"
　"그럼!"
　뿌다귀 영웅, 현이와 철이는 체육관을 향해 달려가며 다

짐했다.
 우리는 멋진 중학생이 될 것이다!
 뿌다귀 영웅 파이팅!
 꾸러기 영웅 화이팅!

조흔파

소설가. 평양에서 태어나다. 일본 센슈대학 법과 졸업. 국도신문사, 세계일보사, 한국경제신문사 논설위원과 공보실 공보국장, 공무원 사무처 공보국장, 중앙방송국장을 역임. 지은 책에《대하소설 한국인》《대하소설 만주》《소설 한국사》《소설 성서》《조흔파문학전집 8권》《얄개이야기 총20권》등이 있음.

조흔파얄개걸작시리즈 4
얄개·꾸러기 영웅
조흔파 지음
1판 1쇄 발행/2018. 5. 5
펴낸이 고정일
저작권 정명숙
펴낸곳 동서문화사
창업 1956. 12. 12. 등록 16-3799
서울 중구 다산로 12길 6(신당동 4층)
☎ 546-0331~6 Fax. 545-0331
www.dongsuhbook.com

*

이 책의 출판권은 동서문화사가 소유합니다.
의장권 제호권 편집권은 저작권 법에 의해 보호를 받는 출판물이므로 무단전재와 무단복제를 금합니다.
사업자등록번호 211-87-75330
ISBN 978-89-497-1667-1 74800
ISBN 978-89-497-1663-3 (세트)